KB103895

책방에
모여 글쓰기를
시작했다

책방에 모여 글쓰기를 시작했다 금요일에는 글을 쓰기로 한 여자들

정지연 시윤정 한진희
최다올 노분희 이영실
임정명 곽민주 윤주연

도마뱀

추천사

정보라 • 소설가

"한 여성이 자기 삶의 진실을 말한다면 어떻게 될까? 세상은 쩍 갈라져 버릴 것이다."

『책방에 모여 글쓰기를 시작했다』를 읽으며 가장 먼저 떠올린 것은 미국의 여성 시인 뮤리엘 루카이저(Muriel Rukeyser, 1913~1980)의 이 유명한 말이었다. 글을 읽는 것은 수동적인 활동인 데 비해 글을 쓴다는 것, 특히 에세이를 통해 "삶의 진실"을 말한다는 것은 상당한 적극성과 용기가 필요한 일이다. 육아라는 전쟁, 여성이기 때문에 밤길에 남성 범죄자의 폭력을 당하는 공포와 분노, 여성의 가난과 여성의 노동, 재난과 사랑. 『책방에 모여 글쓰기를 시작했다』는 이렇게 생생하게 불타오르는 삶의 가장 선명한 장면들을 담고 있다. 문장 하나하나가 잘 정제되어 있고, 가장 절박한 순간을 되돌아보면서도 조금이나마 웃을 수 있는 여유가 드러나 페이지를 넘길 때마다 글의 품격에 감탄한다. 동시에 치열하고 절박하고 때로 고통스러운 이야기조차 이렇게 차분하게 말할 수 있는 여성의 힘에 대해 다시 생각해 보게 된다.

우리에게는 더 많은 여성의 말하기가 필요하다. 우리에게는 더 많은 『책방에 모여 글쓰기를 시작했다』가 필요하다.

추천사 • 정보라

추천사

김지연 • 민음사 편집자

처음에는 내 또래 여성들이 시인과 함께한다는 글쓰기 모임이 궁금했다. 한 달에 두 번이나 마감을 견디며 몇 년 동안 글쓰기를 계속해 왔다고? 호기심에 파일을 열었다가 속절없이 빠져들어 버렸다. 출퇴근길 지하철 안에서 그들의 글을 읽으며, 누군가의 일기장을 훔쳐보듯 얼굴이 붉어지기도 하고, 작은 한숨이 비어져 나오기도 했다. 삶의 순간들을 제대로 포착한, 잘 찍은 스냅 사진 같은 글들에는 자신과 제대로 대면해 본 자만이 가진 품위 있는 솔직함과 진실함이 담겨 있었다. 아, 내게도 이런 문우들이 있다면 얼마나 좋을까. 나도 이런 글을 쓸 수 있다면 얼마나 좋을까! 남이 쓴 잘 쓴 글을 찾아 헤매는 업을 가진 내가 꼽는 좋은 글은 마음뿐 아니라 몸까지 움직이게 하는 글이다. 잘 쓴 글은 다 읽은 후 독자를 종이 앞으로 데려가 연필을 쥐게 한다. 이 책이 글쓰기 동인의 문집에 머물지 않고 독자에게 가 닿는, 또 다른 이가 종이 한 장을 마주하게 할 엄연한 한 권의 책이 되기를 바란다. 가족을 돌보고, 집안을 살피고, 임금노동을 하는 고단한 삶에서 글쓰기를 멈추지 않은 여러분에게 박수를 보내고 싶다. 모임 안에서건 밖에서건, 모두 건필하시기를.

차례

한진희

최다올

노분희

이영실

임정명

곽민주

윤주연

글요일을 나오며

글요일에 들어가며

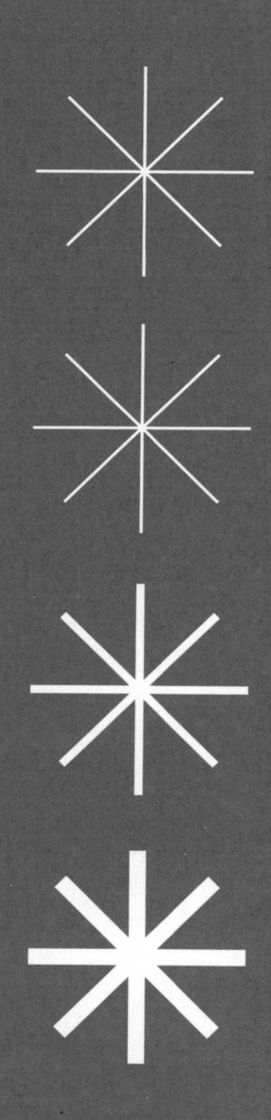

안녕하세요, 금요일입니다

이현호 • 시인

어느 금요일 오전 열 시. 십 분쯤 걸어서 도착한 동네 책방 '마그앤그래'의 문을 연다. 한가운데 주전부리가 소복이 쌓인 탁자에 여덟 명이 둘러앉아 있다. 도란도란 얘기를 나누다가 깔깔 웃기도 하는 모습이 꼭 쉬는 시간의 학교 교실 같다.

빈자리에 앉자마자 인사보다 먼저 먹을 것을 권하는 손길이 다가온다. 짐짓 사양하다가 결국 과자 몇 개를 집어 들고, 그들이 나누는 대화를 듣는다. 그 책 재밌더라, 어디서 북 토크가 열린다더라, 이게 맛있다 저게 맛있다, 아이에게 이런 일이 있었다 등등 두서없는 이야기가 탁구공처럼 오락가락한다.

뒤이어 책방 문이 열리고, 한 사람이 들어온다. 자리에 앉기도 전에 가방부터 열고 준비해 온 간식거리를 탁자 위에 풀어놓는다. 늦어서 죄송하다는 말이 간식을 뒤따라 나온다. 처음에는 이렇듯 지각한 사람이 미안한 마음에 가져오던 것이었는데, 언제부터인가 너나없이 먹을거리를 챙겨 온다. 오늘도 탁자는 잔칫상이다. 문득 "곳간에서 인심 난다."라는 속담이 떠오른다. 치열하고 또 과열되기 십상인 합평 자리가 이제껏 별 탈 없이 굴러온 것은 어쩌면 저 넉넉한 인심 덕분인지 모른다.

'곳간'과 '인심'은 탁자 위에 쌓인 음식과 그것을 아낌없이 나누려는 마음만을 의미하지 않는다. 매번 잔칫상이 차려지지만, 지금은 다과회가 아닌 엄연한 합평 시간. 진짜 잔치 음식은 사람마다 앞에 차려 놓은 원고 뭉치다. 이 모임의 곳간을 채우고 있는 것은 타인의 말을 경청하고, 타인의 글을 존중하는 마음가짐이다. 나도 당신도 좋은 글을 쓰기를 바라는 것이 이곳의 인심이다.

"자, 그러면 시작해 볼까요?" 말을 마침과 동시에 장내는 일순 조용해진다. 모두의 눈빛이 돌변한다. 이제 전주가 끝나고, 저마다의 글이 무대에 오른다.

이 모임의 이름은 〈글요일〉. 매달 둘째, 넷째 주 금요일 오전에 동네 책방인 마그앤그래에서 열린다. 글요일 사람들에게 격주로 찾아오는 금요일은 특별하다. 이날 사람들은 2주간 고심해서 쓴 글을 발표하고, 합평한다. 모임이 있는 주일의 요일은 월화수목금토일이 아닌 월화수목'글'토일이다. 여느 금요일이 아니라 글을 만나는 금요일. 모임 이름인 글요일은 이런 뜻이다.

글요일의 시작은 2022년 6월까지 거슬러 올라간다. 그때 나는 마그앤그래와 힘을 합쳐 〈작가와 함께하는 작은서점 지원사업〉을 하고 있었다. 이 사업은 작가와 서점이 한 팀이 되어 문학 프로그램을 진행하면, 이를 문화체육관광부에서 지원하는 것이다. 작가와 서점은 경제적 지원을 받아서 좋고, 시민은 무료로 문학 프로그램에 참여할 수 있어서 좋다. 글요일은 이 사업의 여러 프로그램 중 하나였다.

처음에는 마그앤그래의 단골을 중심으로 여섯 명이 모였다. 대부분 글쓰기에 대단한 관심이 있기보다는 무료라는 말에 끌렸을 성싶다. 우리는 그 자리에서 짧은 에세이를 쓰기도 하고, 미리 써 온 글을 읽기도 했다. 등단 같은 거창한 목표가 있었던 것이 아니어서 다들 가벼운 마음으로 참여했다. 나 또한 동네 사람들과 글을 쓴다는 데 재미와 보람을 느끼며 만족했다. 별일 없이 4개월 동안 이어진 모임은 지원사업이 종료되면서 함께 마무리됐다.

모임을 거듭할수록 글요일 사람들의 글은 조금씩 나아지고 있었다. 그분들의 글을 살펴 주던 입장에서 아쉬움이 남았지만, 으레 만남이 있으면 헤어짐도 있는 법이라고 생각했다. 그러나 인연이란 역시 알 수 없는 것. 글요일은 곧 다시 시작되었다. 글쓰기에 재미를 붙였던 것일까. 글요일을 함께했던 분들이 모임을 이어 가고 싶다는 뜻을 전해 왔기 때문이다. 물론 나는 흔쾌히 승낙했다.

모임의 장소와 시간, 진행 방식은 전과 같았다. 다만 이왕에 다시 출발하는 것이니 마음가짐을 좀 달리해 보기로 했다. 무작정 쓰기만 하지 말고, 나중에 우리의 글을 책으로 펴내자는 목표를 세웠다. 실제로 책을 낼 수 있을지 없을지는 알 수 없었다. 그렇지만 그냥 쓰는 것과 책에 실을 것을 가정하고 쓰는 것은 마음의 자세가 달랐다. 이제까지의 글요일이 워밍업이었다면, 이제부터의 글요일은 조금 더 본격적이었다. 산책과 조깅의 차이랄까. 우리는 딱 그 정도 페이스를 유지했다. 누군가 지치거나 낙오하는 일이 없도록 달리기는 하지 않았다. 우리만의 호흡과 속도를 잃지 않은 채 찬찬히 그리고 꾸준히 나아갔다.

2024년 4월부터 우리는 책에 실을 원고를 정리했다. 이달까지 포함하면 달수로는 23개월, 모임 횟수로는 46회가 걸렸다. 그동안 우리는 연휴 등을 이유로 모임을 앞당기거나 미룬 적은 있어도, 모임을 거른 적은 없었다. 그렇게 뚜벅뚜벅 글을 쓰고, 합평하고, 퇴고하기를 반복하다 보니 어느새 책 한 권을 만들 원고가 생겼다. 2년 남짓한 시간이 짧지는 않으니, 그사이에 달라진 점도 있다. 글요일에 세 분이 더 들어와서 모임 인원은 모두 아홉 명이 되었고, 유일한 30대였던 사람은 40대가 되었다.

글요일은 평소 글쓰기를 단련하던 사람들의 모임이 아니다. 모임 초반에는 다들 글감을 정하지 않으면 어디서부터 어떻게 글을 시작해야 할지 갈피조차 잡지 못했다. 초보 운전, 아프다는 것, 실수담, 음식, 버킷리스트, 소확행, 편지글, 내 안의 도깨비, 유서, 내가 되고 싶은 것 등등. 글요일에서는 먼저 다양한 주제로 글쓰기를 연습했고, 모임 중반쯤부터는 자유롭게 글을 썼다. 사람들은 자유로운 만큼 괴로워했다. 등대도 보이지 않는 망망대해를 떠도는 기분이었을까.

글요일을 함께하는 분들은 주부, 워킹맘, 엄마, 아내, 며느리 말고도 많은 역할을 다하고 있었다. 그렇지만 글을 쓰는 순간만큼은 그 누구도 아닌 나 자신이 되기 위해 애썼다. 겹겹으로 덮어쓴 가면을 벗어던지고, 벌거벗은 자기 자신을 마주하려고 했다. 오롯이 자기 자신으로 돌아가서 내면의 이야기를 길어 올렸다. 합평할 때는 글요일의 일원이었지만, 자기 글 앞에서는 개성 넘치는 한 인간으로 돌아갔다. 기어이 저마다의 나침반을 들고, 자기 목소리를 등대 삼아 항해했다.

여럿이 함께하면서도 끝내 단독자로서 여기까지 왔다는 것, 그 누구도 끝끝내 쓰기를 멈추지 않았다는 것. 이 책이 전하고자 하는 바는 이것이 전부인지도 모르겠다.

글요일에서는 서로를 선생님이라고 불렀다. 인제는 선생님 대신 작가라는 말이 더 어울리겠다. 이 책에서 한 작가는 글쓰기를 목욕에 비유했다. 누구의 글인지 찾아보는 것도 작은 재미가 될 듯하다. 그중 한 대목을 인용해 본다. "다른 사람이 내 등을 밀어 주는 일은 합평 같다. 혼자 애를 써 보지만 제대로 닦기 힘든 곳이 있다." 이 표현을 빌리자면, 글요일은 공중목욕탕이었다. 글요일 사람들은 한 달에 두 번 목욕을 같이하며, 각자 숨겨 왔던 부끄러움과 아픔과 욕망의 등허리를 서로 살뜰히 쓸어 주었다.

이 책은 우리의 공중목욕탕으로, 목욕의 공동체로 당신을 초대한다. 이곳에서 당신도 마음의 때를 닦을 수 있기를 바라면서. 동시에 좋은 글이란 무엇인지 고민하게 된다. 마음을 씻어 줄 만큼 좋은 글이란 무엇일까. 정답이야 없겠지만, 적어도 한 가지는 확실하다. 글요일을 하면서 사람들은 변했고, 그에 따라 글도 변해 갔다는 것. 자기 자신을 비롯하여 주변의 누군가를 변하게 한 글이 여기 있다는 것. 이 책의 글들이 그것을 쓴 우리에게 그랬듯이 그것을 읽는 당신의 가슴속도 말갛게 씻어 주기를, 다시 한번 바란다.

이 글을 쓰는 동안 글요일의 한 분이 모 문예지 신인문학상 수필 부문에 당선되었다는 소식을 들었다. 저작권 문제로 당선작을 책에 실을 수 없게 되어 아쉽지만, 이 기쁜 소식과 이 책의 출간으로 글요일은 유종의 미를 잘 거둔 듯하다. 이제 글요일은 끝이면서 새로운 시작이다. 글쓰기 모임으로서의 글요일은 끝나지만, 이 책의 작가 한 분 한 분이 글을 써 나가는 날로서의 글요일은 앞으로도 계속 이어질 테다. 모쪼록 이 책이 그 길에 든든한 디딤돌이 되기를, 그 길에서 만나는 독자분들과도 개운한 목욕을 함께하기를 빈다. 아울러 글요일의 여정이 글쓰기 모임을 하는 분들에게 하나의 이정표가 된다면 더할 나위 없겠다.

글요일 관찰기

이소영 • 마그앤그래 책방지기

글요일은 마그앤그래에서 2년여간 운영된 글쓰기 모임이다. 다들 참 열심히 쓰고 꾸준히 썼다. 작은 책방에서 이뤄지는 일들은 책방지기가 혼자 북 치고 장구 치고 그러다 지치면 까무룩 졸다가 깨서 다시 북 치고 장구 치는 일의 반복이다. 그런데 글요일은 드물게 책방지기가 관여한 일 없이 저 혼자 잘 굴러간 모임이다. 구르고 굴러서 만든 큰 덩어리를 이제 세상에 내놓게 됐다.

글요일을 내내 지켜본 사람이니 머리글을 써 달라는 청을 진작 받았지만, 쓰지 못하고 어물거렸다. 내내 지켜봤다고 하기에는 아는 게 없는 구경꾼 신세여서다. 글요일에는 책방 문 열고 닫는 일을 부탁해도 좋을 만큼 오랜 단골들이 참여하고 있어 실제로 그분들께 다 떠넘기고 느지막이 나온 날이 많다. 문만 빼꼼 열어 두고 병원 일 보고 은행 가고 산책도 다녔다. 어슬렁거리다 와도, 한참 놀고 또 놀아도 모임은 끝날 기미 없이 계속되었다. 오전 10시에 시작한 글요일 모임은 점심 밥때가 지나서 오후까지 이어지곤 했다. 매번, 다들 밥 먹으러 가자는 말도 없이 열심이었다.

사실 글요일은 배고플 일이 없는 모임이었다. 봉지 뜯어 먹는 견과류나 과자 같은 것이야 물리게 있고, 귤이랑 딸기 같은 과일에 떡과 빵이 한날 다 나왔다. 때로는 직접 부쳐 온 전이랑 구운 달걀, 약밥 같은 진짜 음식들이 글과 함께 테이블에 올랐다. 여섯 명이 모이면 여섯 가지, 여덟 명이 모이면 여덟 가지. 아니 한 사람이 하나도 아니고 둘, 셋씩 바리바리 들고 와서 글이랑 같이 먹을 것을 풀어 놓았다. 써 온 글은 나풀나풀 A4 서너 장인데 들고 오는 짐은 한 보따리였다.

"글요일이 아니라 먹요일이라고 해야겠어요."라고 토를 달면서도 나눠 주는 간식은 넙죽 받아먹었다. 글요일 날은 아침을 대강 먹고 나서도, 뭐든 먹을 게 있겠거니 맘 편하게 집을 나섰다. 귀 쫑긋하고 들어야 하는 수업이나 긴장감 감도는 합평 자리였다면 음식이 눈앞에 쌓여 있어도 손대기 어려울 텐데, 끝날 즈음이면 그 산더미 같은 음식이 슬며시 사라지고 없었다. 글요일은 음식이 풍성하고, 이야기가 많고, 웃음소리가 넘치는 시간이었다. 가끔, 아주 가끔은 눈물이 그 모두를 일시 정지하게 만들기도 했지만. 홍겹게 떠들고 다 먹어도 눈치 볼 일 없었다.

글쓰기는 외로운 일이다. 글요일 밖에서는 대체로 그렇다. 글요일로 글쓰기를 시작한 분들은 모르겠지만, 글을 쓰고 고치는 과정에서 웃을 일이란 별로 없다. 남을 웃기려고 쓴 글일 때조차 그렇다. 하지만 이 모임, 글요일에서는 웃음 속에서 글이 태어났다. 배불리 먹고 향 좋은 커피도 넉넉하게 마시면서, 칭찬과 격려 속에 완성되었다. 성장하려면 당근과 채찍은 세트라고 생각하는 사람도 있겠지만, 글요일에서 세상에 내놓는 이 책을 보면 그렇지 않다는 걸 알게 될 거다. 당근 케이크와 커피만으로도 아주 훌륭하게 자랄 수 있다.

간식만 얻어먹은 구경꾼이지만, 이왕 뻔뻔해진 마당이니 글요일에 있는 마그앤그래 지분을 확실하게 챙기고 싶다. 글요일 여러분, 다들 문학상 받는 날이 오겠죠? 수상 소감에 '마그앤그래' 언급해 주시길 꼭 부탁드립니다!

중요한 건 꺾이지 않는 마음이 아닌

꺾여도 계속하는 마음.

롤러코스터 꼭대기에서 키스하는

꿈을 꾸는

정지연

책으로 할 수 있는 일은 거의 다 해 봤다. 읽고, 만들고, 팔고, 소개하고, 서평을 남기고, 독서 모임을 했다. 이제 책 쓰기만 하면 다 해 본 셈이 된다.
엄마와 독자로서 살림과 읽기를 숨 가쁘게 오갔다. 그 사이에서 불화하며 흔들릴 때, 두 개의 축으로 나를 고정했다. 글쓰기와 정신분석 공부라는 양대 산맥을 탐색한 지 10년째다. 요즘은 시와 운동에 빠져 있다.
가볍게 살고 싶은데 자꾸만 비장해진다. 내 몸 안의 어떤 추가 계속 날 끌어내리는 것 같다. 나를 움츠러들게 하고 주저앉게 만드는 게 무엇인지 들여다보려 글을 썼다. 낱낱이 드러내고 어두운 곳을 밝히고 나면, 더도 덜도 아닌 지금 내 무게로만 살아갈 수 있을까.

인스타그램 @5rolla

벽돌을 부수며

초조한 걸음으로 내 뒤를 밟는 듯 좁혀 오는 소리가 귀에 거슬렸다. 한 번씩 따라오는 남자가 있었기에 신경이 쓰였다. 사람을 잘못 봤다며 돌아서기도 했고, 연락처를 묻거나 남자친구가 있냐고 묻기도 했다. 조금 성가신 마음이 들다가, 착각하지 말자며 나를 다독였다. 그저 나처럼 춥고 피곤해서 빨리 집에 가고 싶은 마음에 발길이 급해진 사람이겠지.

검은색 투피스 정장에 긴 회색 모직 코트를 걸치고 구두를 신었다. 머리는 하나로 단정하게 묶었다. 대학교 4학년 말, 취직하고 회사원이 되자 옷차림이 달라졌다. 도시사회학 전공을 살려 리서치 전문 회사에 연구원으로 들어갔다. 매일 설문지를 만들고 분석 프로그램을 돌려 보고서를 썼다. 강남 뱅뱅사거리에서 신촌 방향 버스를 타고 연희동에서 내리니 밤 10시가 되어 가고 있었다.

버스 정류장에서 집으로 가는 길목에는 파출소가 있었다. 그 앞을 지나 내가 다니던 중학교를 거쳐 차 두 대는 나란히 지날 수 있는, 그다지 폭이 좁지 않은 길로 들어섰다. 이 길을 2분쯤 걷다가 골목으로 접어들어 계단을 50걸음 정도만 올라가면 우리 집이 나왔다. 여섯 살 때부터 20년 가까이 살아온 집이다. 버스 정류장에서 집까지는 눈 감고도 갈 수 있을 만큼 익숙했다. 집 앞에 거의 다

왔다는 생각에 긴장이 풀어져 뒤따르는 발걸음 소리를 대수롭지 않게 여겼다.

골목으로 꺾어 들어 계단에 오르는 순간 누군가가 나를 뒤에서 붙잡았다. 그는 내 등에 붙어 왼팔로 내 어깨와 목 사이를 감싸고 오른손으로는 칼을 들이댔다. 목 오른편 맨살에 닿은 칼날이 선뜩했다. 내 귓속으로 생경한 욕설이 퍼부어졌다. 처음 들어 보는 말들이었다. 상스러운 말들로, 대체로 죽이겠다는 위협이었다. 아무 원한이 없는 사람에게 이토록 원색적인 증오를 퍼부을 수 있다는 것이 놀라웠다.

나는 본능적으로 계단을 오르는 걸음을 멈추지 않았다. 걸음을 멈추는 순간 삶이 끝날 것 같았다. 이 길 끝까지만 가면 우리 집이 나온다. 담이 낮은 주택이었다. 열두 살에 처음 담을 넘게 된 이후로 쭉, 나는 담을 넘어 다니는 걸 좋아했다. 대문은 자물쇠가 헐거워져 안쪽에서 주의 깊게 잠그지 않으면 미는 대로 열렸다. 잠가 봤자 담으로 다녔기에 대문을 잠그는 의미도 없었다. 겉으로는 티가 나지 않았고 현관 문단속도 했기에 대문은 항상 열려 있었다. 나는 그를 길 끝까지 유인한 후 집 안으로 뛰어 들어갈 작정이었다.

그가 팔로 내 얼굴과 목 사이를 억세게 틀어쥐는 바람에 자꾸 안경이 벗겨지려고 했다. 나는 흘러내리는 안경을 추켜올리려고 계속 손을 댔다. “손 올리지 마!” 신경질적인 목소리였다. “앞이 안 보여요.” 대답하다 보니 오히려 차분해졌다. 굳은 입을 움직여서인지 긴장이 풀리는 듯했다. 웃음이 나오려고까지 했다. 그때 알았다. 나는 겁먹으면 웃는 사람이었다.

욕설은 항상 의문이었다. 좋게 말할 수 있는데 굳이 왜 욕을 할까. 아마도 나약하기에, 강한 모습으로 위장하려고 센 척하는 행위라고 생각해 왔다. 스스로 욕을 하면서 제 입을 더럽히고, 듣는 사람과 말하는 자신까지 불쾌하게 하는 일을 경멸했다. 날것의 감정을 쏟아 내다니 자신을 다스리지 못하는 행위가 아닌가. 욕설을 지껄이는 것을 보니 나를 붙잡은 사람을 바로 파악할 수 있었다. 기선을 제압하려고 하는 걸 보아하니 애송이다. 이미 나보다 더 흥분한 것 같았다. '이 새끼, 사람 잘못 봤다. 욕한다고 기가 죽을까 보냐.' 욕이 뭐길래, 속으로 욕을 하니 나도 투지가 올라왔다. 더 이상 겁도 나지 않았다.

내가 조용해지자 순순히 따른다고 생각한 걸까. 그는 나를 구슬리기 시작했다. 같이 갈 데가 있다고 했다. 어딘가로 나를 데려가려는 것 같았다. 실랑이하는 와중에 마침내 대문 앞에 도달했다. '지금이다!' 나는 온 힘을 다해 몸을 홱 돌렸다. 그와 나는 순식간에 마주 보고 대치하는 상태가 되었다. 순간 체육 시간에 배웠던 공수도가 떠올랐다.

중학교 때 "강한 여자가 아름답다."라는 모토로 여학생들을 거칠게 훈련하던 체육 선생님이 있었다. 그 열정에 물들어 체육 시간마다 열심히 했더니 기량이 올라 체력 1급을 받았다. 공수도의 한 기술인 낭심차기를 반복해서 배웠다. 앞차기의 한 종류로, 무릎의 반동과 발목의 스냅을 이용해 상대를 무력화하는 기술이다. 낭심차기 훈련 자세처럼 대치하게 되자 그때 배운 기억이 떠올랐다. 드디어 실전에서 써 볼 기회가 왔다.

하지만 선빵도 날려 본 놈이 때린다고, 순간 나를 가로막은 것은 망설임이었다. 이렇게 찼다가 고환이 깨지면 어떡하지. 평생 불구가 될지도 모르지 않는가. 나를 납치하려는 놈에게까지 동정심을 품는 나 자신에게 질렸다. 평소에 육탄전을 해 봤어야 했다. 낭심차기는 포기하고 대문으로 뛰어들었다. 녀석이 내 코트를 얼마나 세게 붙잡았는지 앞 단추가 세 개나 뜯어졌다. "쨍그랑!" 하며 바닥에 칼이 떨어지는 소리가 들렸다.

현관으로 뛰어 들어가며 외쳤다. "아빠, 저놈 잡아!" 군대 간 남동생이 집에 있었으면 바로 뛰어나왔을까. 전속력으로 달려 도망가는 발소리가 들렸다. 머리끝까지 화가 치솟았다. 못 잡으면 미칠 것 같았다. 잠옷 차림으로 안방에서 나오신 부모님께 자초지종을 간단히 설명했다. 지금 빨리 나가서 신고해야 잡을 수 있지 않겠냐고 먼저 파출소에 간다고 달려 나왔다. 운동화로 갈아 신고 앞이 뜯어진 코트 대신 패딩 점퍼를 입었다.

파출소로 달려가 신고했다. 경찰들의 태도는 한가롭기 짝이 없었다. 법원, 경찰서, 학교에 갈 때는 옷차림에 신경을 써야 한다는 말을 그제야 떠올렸다. '범죄와 일탈' 수업 때 외부 강사로 왔던 형

사정책연구원 팀장님에게 들었던 말이었다. 정장 차림 그대로 왔어야 했다. 패딩 점퍼에 운동화를 신고, 앳된 얼굴에 홍분이 가득해서였을까. 아니면 범죄가 미수에 그쳤기 때문일까. 당장 붙잡고 싶어 안달하는 나와는 달리 경찰관의 태도는 심드렁했다.

범인은 검은 야구 모자를 쓰고 얼굴을 검은 복면으로 가렸다. 키는 중간이었다. 짙은 색 옷을 입고 있어 차림새를 자세히 못 보았지만, 계속 고개를 숙이라 했기에 신발만은 똑바로 봤다. 조서에 운동화 무늬를 그려 넣으며 꼭 잡아 달라고 부탁했다. 브랜드 없는 제품이라 특징을 기억하려 더 애썼던 터였다. 경찰이 출동할 때까지 내가 앉은 자리에서 계속 버틸 기색이 보였는지 그러면 경찰차를 타고 한 바퀴 둘러보자고 했다. 연희동 발바리라고 동네에 출몰하는 성폭행범이 있긴 하다고, 수법이 비슷하다고 했다.

골목골목을 드라이브하며 비슷한 사람을 찾아봤지만, 어디로 숨었는지 머리카락 한 올 보이지 않았다. 긴장이 풀어지며 허탈감이 밀려왔다. 원래 유명한 놈이라면 왜 아직도 못 잡았을까. 이렇게 미적지근한, 의지나 의욕이라곤 조금도 엿볼 수 없는 수사 태도 때문이었을까. 경찰은 성범죄에 가장 미온한 태도를 보인다는 말을 들은 적이 있다. 그 말이 어쩌면 사실이었을까. 이런 식이면 앞차기에 성공했더라도 도리어 내가 폭행범으로 둔갑할 일이었을지도 모른다. 칼이 겨누어지고 목숨까지 위협당한 잊지 못할 사건이 이렇게 해프닝으로 막을 내리는 듯했다.

그로부터 몇 달이나 지났을까. 얼마 후, 같은 동네에 사는 친한 친구의 동생이 그를 만났다. 똑같은 수법이었다. 어두운 밤, 귀갓길에 동생을 칼로 위협해 자신의 아지트까지 끌고 갔다. 그곳은 공사가 중단된 폐건물 같았다고 한다. 화려한 공주풍 드레스를 몇 벌 꺼내어 놓고 그중 하나로 갈아입으라고 했다고. 동생은 겁에 질려 그놈이 시키는 대로 했다. 그렇게 일을 당하고 울면서 집으로 돌아갔다. 친구 어머니는 밤늦게 돌아다닌 그 애의 탓이라며 도리어 동생을 혼냈다. 누구에게 입도 뻥긋하지 말라며, 없던 일로 하라고 다그쳤다. 동생은 며칠을 혼자 가슴앓이하다 억울한 마음을 제 언니에게 털어놓은 것이었다.

황당한 것은 잡혀갈 때 목에 겨눈 것이 알고 보니 돈가스 칼이라는 말이었다. 잡혀가고 보니 그랬단다. 손잡이까지 철로 되어 있어 쨍그랑 소리가 났던 걸까. 그러고 보니 시야 각도가 맞지 않아 촉감만 느끼고 칼을 제대로 보지 못했다. 돈가스 칼인 줄도 모르고 무서움에 떨었다는 사실에 더 화가 나 눈물까지 나려 했다. 내 예상대로 그놈은 그다지 위협이 되지 않는 잔챙이였지 않은가.

그때 잡지 못한 것이 돌이킬 수 없는 실수였다. 부채감이 뼛속까지 밀려들었다. 친구에게 그 말을 듣고 가슴이 답답해 밖으로 뛰쳐나갔다. 그놈을 찾아 패고 싶었다. 야비한 놈에게 우리들은 언제까지 끌려야 하나.

어디로 향하는지 모르게 발길 가는 대로 달렸다. 길가에서 반으로 쪼개진 벽돌을 주웠다. 돌을 꽉 쥐고 다시 뛰기 시작했다. 그놈의 아지트까지 알 수 있게 되었는데도 잡을 방법이 없었다. 이번 사건에서 나는 제삼자가 아닌가. 피해자의 가족이 원치 않아 신고도 할 수 없다. 온몸에 열이 올랐다. 속이 터질 것 같았다. 자책만 차올랐다.

'지금 잡는다 해도 너에게 일어난 일을 돌이킬 수 없다. 내가 잡지 못해 지켜주지도 못했다.'

막다른 곳까지 정신없이 달리다 손에 쥔 벽돌을 바닥에 내리쳤다. 벽돌은 내리칠 때마다 귀퉁이가 조금씩 떨어져 나갈 뿐 좀처럼 부서지지 않았다. 어떻게 해야 산산조각이 날까. 벽돌 반 쪼가리마저 나는 부술 수가 없었다.

천사야, 사람이 되자

선착장에서 배를 밀듯 스르륵 몸을 담근다. 입이 열린다. 소리 없이 탄성이 터져 나온다. 이 맛에 헬스장을 못 끊는다. 운동 시간의 하이라이트는 온탕에 몸을 담그는 순간이다. 굳은 몸이 풀어지며 큰 숨이 쉬어진다. 발끝부터 목덜미까지 뜨거운 물로 빈틈없이 감싼다. 거대한 물주머니에 담겨 둥둥 떠 있는 기분이다.

석 달 만에 헬스장을 찾았다. 설날 이틀 전이다. 연휴 동안은 운동할 여유가 없으리라. 일요일에 설날이 겹치는 바람에 공휴일이 하루 짧아졌다. 쉬는 날이라도 고등학생 아이의 과외와 학원 수업이 있다. 집 청소도 하고, 장도 보고, 운전도 하느라 몸과 마음이 분주하다. 이틀 동안은 양가 어른을 뵙고 안부도 전하고 제사 준비, 가족들 식사도 챙겨야 한다. 이러다 새해 첫 달부터 하루도 운동을 못 할까 조바심이 난다.

이달로 헬스클럽에 등록한 지 꼭 일 년이 되었다. 아예 방문하지 않은 달도 두세 달 되고, 한 번만 방문한 달도 꽤 된다. 많이 가도 일주일에 두 번 이상을 못 갔다. 그동안 출석률은 처참했다. '헬스클럽 기부 천사'라는 말이 있다. 등록만 하고 출석하지 않는 회원을 뜻한다. 나는 천사 중 제일가는 천사라 할 수 있다. 이럴 바에야 헬스장에 그만 미련을 버리는 게 좋을 텐데 말이다.

체력과 자신감은 근력에서 온다고 한다. 근육량과 의지력이 상관있다는 내용을 담은 다큐를 보았다. 근육이 많을수록 뇌에 '할 수 있다.'라는 신호를 보내고, 적을수록 '못한다.'라는 신호를 보낸다고 한다. 체지방이 이불처럼 감싸고 있는 내 몸. 근력이 부족해 의지력도 약해졌나 보다. 하루에 쓸 수 있는 의지량에도 한계가 있단다. 해야 할 일들에 먼저 힘을 쓰다 보면 헬스장 갈 기운이 남아 있지 않기도 했다.

얼마 남지 않은 의지를 그러모아 큰마음 먹고 집을 나선다. 헬스장까지는 걸어서 30분 남짓, 빠르지도 느리지도 않은 걸음으로 왕복 칠천 보 정도 거리다. 산책하는 기분으로 오가며 햇볕도 쬐고 계절감도 느낀다. 여름에는 더워서 숨이 차고, 겨울에는 안경에 김이 서려 앞이 잘 보이지 않는다. 오랜만에 길을 나섰는데 고질적인 왼쪽 무릎 통증이 올라온다. 그새 체중이 늘어난 것인가. 조깅하면서 알았다. 무릎은 몸무게에 민감하다.

헬스장에 다다랐다. 사우나가 붙어 있는 탈의실에서 옷을 갈아입는다. 이곳에서 빌려주는 운동복은 반소매다. 한겨울에 반팔, 반바지 차림이 되니 싸늘하다. 목덜미와 어깨 근처에서 찬기가 돈다. 수건 한 장을 쓱 걸치니 한결 낫다.

자전거 타기를 시작한다. 버튼을 누르면 타이머가 켜진다. 휴대폰으로 영상을 튼다. 자전거 여행 시점으로 촬영한 영상을 모아 놓은 채널이 있다. 강릉 자전거길, 3년 전 영상, 조회수 28만 회. 나처럼 온라인으로 강릉을 방문한 사람이 이미 28만 명이다. 헐벗은 가로수에 연둣빛 잎들이 돋아나 있는 것을 보니 봄에 찍은 영상인가 보다. 십 분 정도 지나니 여린 분홍 잎 벚꽃길이 펼쳐진다. 혼자 달리기에는 아까운 길이다. 이어폰에서 영상 속 호흡 소리까지 새어 나온다. 모르는 누군가와 날숨을 겹쳐 본다.

30분가량 온라인 여행을 마치면 실내 자전거에서 내려와 운동기구 쪽으로 발걸음을 옮긴다. 신식 기구들이 즐비한 모습이 화려하기까지 하다. 그 앞을 지날 때면 사용법을 몰라 조금 위축되는 기분이다. '천국의 계단'이라는 별칭이 붙은, 가장 비싸다는 계단 오르기 기구는 한 번도 못 타 봤다. 기부 천사도 '천사'인데 나야말로 천국 가는 계단을 올라 봐야 하지 않을까 못내 아쉬우면서도, 서툰 조작 탓에 굴러떨어지지나 않을까 두렵기도 하다.

천사야, 사람이 되자. 천사처럼 사뿐히 날아오르지는 못해도 걷기는 한다. 익숙한 러닝머신 위로 걸음을 옮긴다. 얼굴 살은 뛰어야 빠진다고 했다. 걷기만 하고 달리지 않은 지 한참이다. 의욕이 솟는다. 30분만 뛰면 턱선이 금방이라도 날렵해질 듯한 기분이 든다. 아뿔싸, 이번엔 오른쪽 무릎까지 아프다. 무릎에 물이 차서 조깅을 그만두어야 했던 것을 왜 잊었을까.

체중이 일 킬로그램 늘어날 때마다 무릎에 가해지는 부담은 아홉 배 늘어난다고, 정형외과 의사는 말했다. 감량이 먼저고, 운동을 하고 싶으면 자전거를 타거나 수영을 하라고 했다. 새 운동을 시작할 때마다 일주일 만에 몸살이 나곤 했는데, 지나치게 애쓰는 것이 내 문제임을 안 지 얼마 안 되었다. 뭐든 시도한다는 데에 의의를 두며 가볍게 해 보면 어떨까.

러닝머신에서 내려와 사우나로 향하는 내 발걸음이 가볍다. 실내인데 모자를 눌러쓰고 잽싸게 도망가는 사람이 눈에 띈다. 천사는 나뿐만이 아니다. 날랜 발걸음이 흡사 반쯤 떠서 움직이는 듯하다. 개인 교습을 받는 사람이 셀프 훈련을 건너뛰고 트레이너 몰래 사우나로 직행하는 모습이다. 운동기구와 씨름하며 운동에 집중하는 사람들을 빠르게 스쳐 지나가는 그의 모습이 남 같지 않다. 사우나로 향하는 문 하나를 앞에 두고 천상계와 인간계가 갈라진다.

목욕값이라도 제대로 뽑는다면 실속 있는 인간이 될지 모른다. 샤워용품을 챙겨 사우나 문을 밀고 들어간다. 훈훈한 습기가 얼굴에 확 끼쳐 온다. 개운하게 머리를 감고 샤워도 마치고 드디어 온탕에 들어간다. 42도 정도의 온도가 딱 좋다. 온몸이 녹아내릴 만큼 짜릿하다. 몸이 너무 붉어지기 전까지, 편안하고 느긋한 이 시간을 즐긴다.

언제라도 내키면 온탕에 몸을 담글 수 있다는 기대에 매달 헬스장 비용을 내고 있다. 본전을 생각하면 더 자주 방문해야 하지만, 어딘가 편안하게 쉴 수 있는 공간이 마련되어 있다는 것만으로 마음이 놓이는 것을 어쩌랴. 집 안이든 집 밖이든 할 일에 쫓기는 현대인이라지만 여기서는 쉴 수 있다. 탕 안에 들어오는 사람의 무게와

맵시는 아무 상관이 없다. 공용 운동복을 고를 때는 엑스라지 사이즈를 집어야 했지만 목욕탕에서는 그저 알몸이면 된다.

스마트폰도 따라올 수 없는, 오로지 혼자인 곳. 흔들리는 물결 사이로 조명 빛이 부드럽게 너울거린다. 피어오르는 김이 신비로운 느낌마저 자아낸다. 끊임없이 잔잔하게 움직이는 동그란 물결이 겹치는 모양에 나도 모르게 빠져든다. 어릴 적 탕에 함께 들어가던 어머니 곁에서 본 것과 같아, 왠지 아무리 보아도 싫증이 나지 않는다.

천국에 있으면 이런 기분일까. 이런 순간은 무엇과도 바꾸기 싫다. 천사가 되기는 쉬운데 사람이 되기는 어렵다. 오늘도 사람이 되는 데 실패했다.

설망

셋방살이 설움도 이제 끝이라고 했다. 셋방을 전전하던 젊은 부모님이 내 집을 마련했단다. 셋방도 아니라 어엿한 집이라니. 가족이 살 보금자리를 장만한 아버지가 얼마나 멋지고 자랑스러웠을까. 그때 나는 갓 여섯 살, 이제 막 세상을 알기 시작한 아이였다.

낮은 담장을 곱게 두른 신식 대문에 들어설 때까지는 완벽했으리라. 흙만 있는 마당이 아니라 담벼락 쪽으로 라일락과 사철나무, 장미 덩굴이 있는 어엿한 정원이었다. 바닥에는 징검다리처럼 무늬가 있는 석판이 깔려 있었다.

석판을 따라 안채로 이어지던 발걸음을 멈추어야 했을 테다. 우리 거처는 그곳이 아니었기 때문이다. 장독대 밑으로 난 조그만 문으로 들어갔다. 굴처럼 생긴 내부에는 양쪽에 문이 하나씩 달려 있었다.

사람 한 명이 간신히 지나갈 만한 통로가 가운데로 나 있었다. 담벼락과 장독대 밑 공간을 막아 놓은 왼쪽 방은 냉골이었고, 오른쪽 방은 통로 쪽에 연탄불을 떼는 곳이 붙어 있어 따듯했다. 한겨울이라 네 식구가 오른쪽 방만을 썼다.

또다시 단칸방이라니. 우리가 집주인이라면서 어쩐 일인가. 세입자의 계약 기간이 남아 우리는 석 달 후에나 안채로 들어갈 수 있다는 어른들 사정을 이해할 리 없었다.

"아빠는 설망이야!"

내가 혀짧은 소리로 앙칼지게 외쳤다고, 아버지는 말하곤 했다. '실망'을 말하려다 입 밖으로 나온 말이 '설망'이었다고.

이사 오기 전까지 방을 구할 때면 아이 한 명은 늘 감추어야 했다. 아이가 셋이라고 하면 좀처럼 방을 빌려주지 않았기 때문이다. 애가 둘만 딸린 부부도 방 얻기는 쉬운 일이 아니었다고 한다. 간신히 방을 얻은 후에도 부모님은 삼 남매가 한 번에 눈에 띄지 않도록 신경 썼다.

아이들은 번갈아 한 명씩 외가댁이나 이모 댁에 맡겨졌다. 주로 큰아이인 나였다. 집주인에게서 "얘는 못 보던 아인데?"라는 말을 듣기라도 하면, 어머니는 "큰조카가 잠깐 놀러 온 거예요."라며 둘러대곤 했다고 한다.

그해 겨울은 내가 기억하는 첫 계절이다. 일 년 중 가장 추운 날들을 장독대 밑에서 보내야 했다. 겨우 석 달을 살았는데 유년 시절에 남은 가장 강렬한 기억들은 다 그곳에 자리하고 있다. 정작 2년 남짓 안채에서 산 기억은 어렴풋하기만 하다.

아버지는 털모자를 쓰고 장갑을 낀 채로 연탄불 위에 고구마나 밤 같은 것들을 구웠다. 날로도 먹을 수 있는 것들인데 꼭 익혀서 주었다. 단단히 달라붙어 있던 껍질이 불길에 툭툭 벌어졌다. 아버지는 뜨끈한 방바닥에 신문지를 깔고 갓 구워 낸 것들을 올려놓았다.

단칸방처럼 생긴 군밤을 반으로 자르면 단내가 솔솔 피어올랐다.

구운 음식들은 아이가 껍질을 벗기기엔 뜨거웠다. 아버지 손길이 닿을 때마다 검게 탄 거친 껍질들이 떨어져 나가는 것을 보고 또 보았다. 어느새 세 개의 밥그릇에 달콤한 알맹이들만 수북하게 담겼다. 아버지가 굽고 벗기고 모두 담을 때까지 기다리다 안달이 난 우리는 저마다 숟가락을 바삐 움직여 입안을 가득 채웠다. 이내 배속이 든든해졌다.

방문 하나만 나서면 혹한의 겨울이었지만, 추웠던 기억보다 따스했던 기억이 많다. 방 안쪽에 있으면 훈기와 졸림, 배부른 나른함에 잠길 수 있었다. 실망스러웠던 단칸방이 연탄불도 무서워하지 않는 든든한 아버지의 보살핌이 있던 곳으로 기억에 남을 줄 그때는 몰랐다.

항상 돈 버느라 바쁘고, 바깥 술자리를 좋아해서 집 안에 있는 시간이 적었던 아버지. 평소에는 거리감이 느껴지고 술에 취했을 때만 낯설게 다정한 아버지였다. 그 시절 아버지는 술에 취한 날이면 좀처럼 빈손으로 집에 오는 적이 없었다. 양념통닭이나 통 속에 든 바닐라 아이스크림을 사 들고 와서는 잠든 삼 남매의 볼에 뽀뽀를 해 댔다. 갑작스럽게 볼에 닿은 차가움과 찐득함에 놀라 잠에서 깨고 나면, 평소와 다른 아버지가 싫고도 좋았다. 단칸방에서 살 때만큼 아버지와 가까운 적은 없었다.

어김없이 겨울이면 찾아오는 한파 예보에 방한용품을 챙긴다.

날이 추워지면 으레 그때 그 단칸방이 떠오른다. 따끈한 음식으로 배 속을 채우면 시린 마음도 훈훈해졌던 나날. 이제는 나도 그 시절 아버지처럼 매일 빈속을 채워 주어야 할 아이들을 키우고 있다.

내 작은 몸에 비해 큰 곰만큼이나 덩치가 크고, 어리고 약하던 나와 견주면 신만큼이나 못 할 게 없어 보였던 아버지는 마침내 나에게 사람이 되었다. 곰도 아니고 신도 아닌 어떤 한계를 가진 한 사람. 나 또한 내 아이들에게는 아직 사람이 아닐지 모른다.

모든 걸 다 알아서 챙겨 주고 보듬어 주는 천사 엄마처럼 보일 때도 있을 테고, 걸핏하면 화를 내고 이것저것 시키는 마녀 엄마로 보일 때도 있을 거다. 내 눈에 아버지의 여러 면이 보였듯, 내 아이들 눈에 나도 종잡을 수 없는 엄마로 보이려나. 아이들 눈에 내가 저희 엄마만이 아니라, 다양한 모습을 지닌 그저 한 사람으로 보이는 날을 기다린다.

되돌아보면 실망이라는 게 꼭 나쁘지만은 않았다. 실망은 내가 정말 원하는 게 무엇인지 알려 주는 신호탄이었다. 그때 내게 필요했던 건 번듯하고 자랑할 만한 우리 집이 아니었다. 나는 잠시 놀러 온 아이가 아니라 바로 이 집 가족이라고, 당당하게 밝히고 싶었던 어린 마음을 이제야 읽어 본다.

'설망'이라는 말이 입안에서 자꾸 맴돈다. '설망'은 '설렘을 품은 실망'이나 '설익은 희망'처럼도 들린다.

세상 속에서, 사람 앞에서 실망한다는 건 뭘까. 실망이란 기대가 있을 때 할 수 있는 게 아닐까. 기대는 이루어지리라는 믿음이 있을 때 할 수 있다. 스스로 실망한다는 건 여전히 나 자신에게 믿음을 품고 있다는 게 아닐까.

나의 '설망'들은 지금 어디에 있을까. 아버지가 구워 주었던 달콤하고 따듯한 군밤처럼, 마주한 설망을 손수 하나씩 까서 먹으며 내가 가야 할 방향을 가늠할 수 있는 나만의 나침반으로 삼고 싶다.

활개

낯선 문을 열고 들어갔다. 대충 신발을 벗고 묵직한 가방을 아무렇게나 옆에 내려놓았다. 자른 식빵 조각을 나란히 펼쳐 놓은 듯한 2인용 침대가 두 개나 있었다. 희고 사각거리는 느낌을 주는 깨끗한 침구로 감싸인 채 잘 부풀어 있었다.

둘 중 더 안쪽에 있는 창가 밑 침대로 다가갔다. 아무도 누운 자국이 없어 내가 정돈할 필요가 없는 침대라니, 생소했다. 왼편도 오른편도 아닌 가운데 자리에 대자로 누웠다. 절로 기지개가 펴졌다. 온몸에 전류가 흐르는 느낌이다. '이게 사는 맛이지, 내 마음대로 기지개 한 번 못 펼 거면 왜 사나?'

10년 전, 30대 중반이었던 나는 가출을 했다. 청소년 때도 해 보지 않은 가출이었다. 집보다 밖이 속 편할 때 가출한다고 들었다. 결혼 전에는 집 안에 있는 것 자체가 숨 막혀 뛰쳐나가지 않고는 견딜 수 없는 일 따위는 없었다. 결혼하고 내가 직접 돌보아야 할 집이 생긴 이후 생활은 달랐다.

혼자 누워 본 것은 7년 만이었다. 전날 밤만 해도 오른쪽엔 큰아이를, 왼쪽엔 작은아이를 끼고 잤다. 작은아이는 세 살, 큰아이는 일곱 살이었다. 잠이 들어서도 아이들은 자꾸만 내 품속을 파고들었다. 나는 자다 깨기 일쑤였고, 자고 일어나서도 개운한 느낌이 없었다. '7년 만의 외출' 아닌 '가출'을 해서야 편안히 누워 볼 수 있었다.

프런트에서 룸 업그레이드를 해 줬다. 그 시절만 해도 추석 때는 숙박업소가 비수기였다. 숙박비 할인율이 큰데도 손님이 없다고 했다. 차례를 지내는 사람들은 본가나 큰집으로 가고, 차례를 지내지 않는 사람들은 빈집에 머무르면 되니 그럴까. 덕분에 쪽잠을 자던 내가 커다란 침대를 두 개나 차지했다.

영화를 예매했다. 〈비긴 어게인〉. 명절 일정에서 해방되니 영화 볼 시간도 생겼다. 여주인공인 '키이라 나이틀리'를 처음 본 것은 영화 〈캐리비안의 해적 1: 블랙펄의 저주〉에서였다. 총독의 딸 엘리자베스는 제독과 정략결혼을 하려고 약혼한 사이다. 코르셋에 숨이 막혀 기절한 채로 바다에 빠진 그녀는 결국 자유를 상징하는 해적선 '블랙펄'을 찾는다.

상영까지 시간이 남아 네일숍에 갔다. 안 가 본 곳이라 문을 밀고 들어가는 데 용기가 필요했다. 가장 화려하고 비싼 젤네일을 골랐다. 부엌일을 많이 해 엄지와 검지에 있는 지문이 닳아 버린 내 손이었다. 주민센터에서 서류를 발급받을 때면 번번이 기계에 지문 인식이 되지 않아, 꼭 대면 창구로 가야 했다. 아이들을 씻기고, 식재료를 손질하고, 설거지하고, 가스레인지와 싱크대를 닦느라 단 하루도 마를 날 없던 손이 호사를 누렸다.

네일리스트는 내 손톱 테두리에 짙은 청색을 넣었다. 청색과 살

색의 경계면에는 은색 반짝이를 올렸다. 코팅해 윤기 나는 손톱을 달고 있는 손은 집에서 살림하는 여자 손 같지 않아 마음에 들었다. 명품 광고지에 나오는 다이아몬드 반지를 낀 사람의 손처럼 보였다.

영화가 시작했다. 꿈과 희망, 야망을 함께 만들어 간 젊은 커플이 뉴욕에 입성했다. 성공에 취한 남자는 여자를 배신했다. 출장길에 다른 여자와 바람을 피웠다. 여자 주인공이 노래를 불렀다. "넌 우리가 한 모든 약속을 깨 버렸어, 그래도 난 널 사랑했지. 넌 나의 돛에서 바람을 모두 빼 갔지, 그래도 난 널 사랑했어. 바보처럼."

손수건이 없으면 티슈라도 챙겼어야 했다. 영화가 끝나고 나오는 길에 표를 다시 끊었다. 연속으로 두 번 같은 영화를 보는 건 처음이었다. 내 시간표는 항상 삼시세끼에 맞추어 빠듯하게 돌아가곤 했다. 먹는 시간보다 준비하고 치우는 데 시간이 항상 더 들었다.

다음 날은 늦잠을 푹 자고 일어났다. 한 침대는 취침용으로 정했다. 다른 침대에서는 엎드려 새로 산 책을 읽기도 하고, 침대 헤드에 기대어 우아하게 커피도 마셨다. 밥을 먹지 않아도 배가 불렀다. 어젯밤 호텔 방으로 돌아오는 길에 조각 케이크를 포장해 왔지만, 침대 옆 작은 테이블에 그냥 두었다. 뜯지 않아도 디저트를 먹은 기분이었다. 들이마시는 공기조차 달게 느껴졌다.

전봇대 앞에서 껴안고 있는 두 사람의 모습이 그림자로 바뀌곤 했던 때가 있었다. 남편과 내가 연인일 때였다. 각기 다른 집으로 돌아가야 할 때 떨어지기 싫어서, 밤늦은 시간까지 헤어지지 못하고 못내 아쉬워했던 우리였다. 결혼하고 나니 그러지 않아도 되었다. 아침에 일어나 각자 집을 나서고 서로를 알아서 잘 챙기다가 저녁에 집에서 만나면 반가웠다. 함께 하루를 마무리하는 게 좋았다.

문제는 아이를 키우면서 생겼다. 더 이상 이심전심이 안 되었다. 네가 안 하면 내가 해야 하는 일들이 많아졌다. 누가 무엇을 하느냐를 상의해서 결정할 일이 많아졌고, 몇십 년간 살아오면서 생긴 서로 다른 관점을 타협하기가 녹록지 않았다. 남편과 연애할 때는 대화 없이도 마음이 잘 통하곤 했는데, 그랬던 것이 도리어 문제였을까.

나 대신 아이들을 봐줄 사람도 없고, 애들이 어려 혼자 놓고 나갈 수도 없었다. 그러기로 정한 것도 아닌데, 어느새 살림과 육아를 도맡아 하게 되었다. 남편은 출퇴근하는 생활에 불편함이 없었고, 나는 늘 이해시키고 요구해야 하는 처지였다. 살림과 육아를 겪어보지 않으면 모른다고 할까, 내 어려움을 일일이 설명하는 과정도 힘들었다. 출산 후 회복도 더디고 잠도 부족해 힘든데, 설명도 하고 이해도 시키고 요구까지 해야 한다니, 화날 일이 많았다.

그때의 가정생활은 음식 찌꺼기가 묻은 접시와 그릇이 위태롭게 쌓인 모습과 같았다. 식기를 차곡차곡 쌓아 더 이상 포갤 수 없을 만큼 높이 올리는 것처럼 불만을 쌓아 두었다가, 더 이상 참을 수 없을 때 묵직한 머그잔을 던져 한 번에 무너뜨리듯 화를 냈다. 연애할 때는 단맛만 보면 되었는데, 결혼은 매운맛이었다.

남편보다 애인이 좋은 이유를 알았다. 애인은 헤어지면 그만이다. 남편은 좀처럼 쉽게 헤어질 수가 없다. 절차도 복잡하다. 함께 지내는 저 사람이 차라리 애인이라면 얼마나 좋을까. 미워하기는 사랑하기보다 배로 힘들었다. 매일 마주 보며 미워하느니 오히려 남이 되면 서로를 더 좋게 볼 수 있을 것 같았다.

'젠가'라는 보드게임이 있다. 조심스럽게 나무 블록을 쌓아 올리다가 틈 하나를 잘못 건드리는 순간, 공들여 쌓은 탑이 요란하게 무너지면서 게임은 끝난다. 주말이 낀 추석을 앞둔 그날이 그런 날이었다. 남편은 어떤 뇌관을 건드렸고, 돌이킬 수 없게 방아쇠를 당겼다. 자극에는 반응이, 행동에는 결과가 따르게 마련이었다.

새가 날개를 퍼덕거리거나 사람이 두 팔과 두 다리를 활짝 펼 때 '활개 친다.'라고 한다. 혼자 넓게 차지한 침대 위에서 나는 어디든 날 수 있고 헤엄칠 수 있는 자세로 비로소 돌아왔다. 무엇도 필요 없는 기분이었다. 아무것도 하지 않아도 그저 충만했다. 명절에 하는 가출은 참 좋은 거였다. 명절 휴가를 받은 남편이 애들을 안전하게 돌보고 있지 않은가. 즉흥적으로 집을 나왔지만 나에게 보약 같은 시간이었다. 내가 이해할 수 없는 내가 있다는 건 나를 더 큰 존재로 느끼게 한다.

성냥팔이는 왜

성냥을 긋는다. 불꽃이 타오른다. 알싸한 유황 냄새가 코끝에 스민다. 찰나의 환영이 비쳤다가 금세 사라진다. 성냥을 하나 더 꺼낸다. 붉은 머리 부분을 성냥갑 옆에 대고 긁는다. 불이 붙고 잠시 환상에 사로잡힌다. 공기를 태우는 거친 소리와 함께 불꽃이 확 피어오른다. 또 다른 성냥을 꺼낸다. 이윽고 탄내만 남는다. 긋고 또 긋는다. 성냥갑이 텅 비어 버릴 때까지.

얼마 전까지 향수에 빠져 살았다. 팬데믹을 겪으며 되도록 집 밖으로 나가지 않고 생활한 지 일 년쯤 되었을 때다. 감사한 분에게 선물할 일이 있어 백화점에 갔다. 에스컬레이터 앞에서 백화점 직원에게 향기 나는 종이를 받았다. 여느 때라면 주머니 속에 넣은 채 잊어버렸을 텐데 향기가 신선한 자극으로 다가왔다. 가늘고 긴 종이 끝을 자꾸만 코에 갖다 댔다.

비누 향인지 풀 내음인지 헷갈리는데 말로 표현할 수 없이 산뜻했다. 바로 앞에 있던 향수 매대에 신제품 오일 향수가 나란히 진열되어 있었다. 흰 뚜껑이 달린 적갈색 유리 용기는 엄지손가락만 했다. 종이에서 나던 향은 작약 향기였다. 가격표만 흘깃 보고 집으로 돌아왔다.

며칠이 지나도 여운이 남았다. 단조로운 생활에 동그란 파문이 일듯 이상한 감각이었다. 나도 모르게 문득문득 그 향기가 떠올랐다. 꼭 내 안에 있던 한 부분을 놓치고 온 느낌이랄까. 머릿속 한구석이 사로잡힌 양 자꾸만 입안에 향수 이름이 맴돌고 코끝이 허전했다. 한 달을 참다 박차고 나가 결국 작약 향을 사 들고 왔다. 섞어 쓰면 어울린다는 허브잎 향까지 샀다.

나만 그런 게 아니었나 보다. 3년 새 향기 제품 수요가 급증했다고 한다. 코로나19로 인한 우울감 해소에 효과가 있다나. "코로나 블루, 향수 시장 폭발에 때아닌 '향기 대첩'." 색조 화장품 판매량은 줄어든 반면 국내 향수 시장은 30% 성장, 이웃 나라인 중국 향수 시장은 40% 성장했다는 신문 기사를 읽었다. 왜 하필 다들 후각에 빠졌을까. 후각은 시각과 미각에도 영향을 주는 두드러지는 감각이다. '프루스트 효과'라는 말도 있다. 냄새가 기억을 일깨우는 데 탁월한 효과가 있다는 뜻이다.

여러 향수 중에는 나만의 기억을 소환하는 특별한 향을 지닌 것이 있었다. 어느 여름날 놀이동산에 갔을 때 먹었던 솜사탕. 한 입 먹을 때마다 혀와 입술에 달라붙어 달착지근했다. 그 맛을 떠올리게 하는 달고 더운 향기가 나는 분홍빛 향수를 만났다. 뿌릴 때마다 그 맛이 떠오르며, 잠시 소풍이라도 나온 듯 설렜다.

라일락 향이 나는 향수는 꼭 생화 향기처럼 풍성했다. 어린 시절 마당에 라일락이 있었다. 아버지가 줄을 달아 주어서 그걸 잡고 기어 올라가 굵은 가지 사이에 앉아 있곤 했다. 향수병을 침대 옆 선반에 놓고 누우니 라일락 밑에서 잠드는 기분이었다.

꽃향기도 좋지만, 옛날 화장품 냄새도 좋았다. 어릴 적 어머니 화장대에서 맡았던 은은한 분내와 비슷했다. 김 오른 사우나에서 묻어 나온 대리석 향기처럼 코가 살짝 맵기도 하고, 목욕을 갓 마치고 나왔을 때 살에서 배어나는 냄새처럼 포근하기도 했다. 다시금 아이가 되어 어머니 품속에 안긴 느낌이랄까.

하지만 향기가 소환한 추억이 제아무리 아름답더라도 아련하게 흩어지고 나면 마음이 더 허전해졌다. 향수(香水)가 자아내는 향수(鄕愁)는 애수(哀愁)를 머금고 있었다. 마치 성냥팔이 소녀가 된 기분이었다. 성냥팔이 소녀가 성냥을 태워 온기를 쬐려 해 봤자, 불꽃은 잠시뿐이다. 향수의 지속력도 마찬가지였다. 온기와 불꽃이 한순간 타올랐다 금세 사라지고 말듯, 혹하는 향기에 감싸이는 건 뿌릴 때 잠깐뿐이었다. 곧이어 향기로 채웠던 꼭 그만큼이 내게서 빈 것 같았고, 급히 다시 채워야만 내가 온전하다는 갈망에 휩싸이곤 했다. 이렇듯 알 듯 모를 듯한 상실감만 겹겹이 두터워졌다.

향수 사용에는 환경오염이 따른다는 그림자도 있다. 한 방울의 원액을 만들고 나서 버려지는 재료량은 향수 분량의 수천 배에 이르기도 한다. 향수에서 나온 휘발성 유기화합물이 자동차에서 배출된 가스만큼 많은 오염물질을 대기에 방출한다는 조사 결과도 있다. 흔히 환경호르몬이라는 이름으로 불리는 내분비계 교란 물질이 향수 속에 숨어 있을 때도 있다. 이런데도 과연 향수를 계속 뿌려야 할까.

향수는 악취를 가리기 위해 만들어졌다. 위생 관념이 철저했던 팬데믹 시기에 사람들은 왜 하필 향수를 찾았을까. 자기 냄새를 감추기보다는 어떤 향기를 더하려 한 사람들. 어쩌면 나처럼 사람을 향한 그리움을 채우고, 추억도 되살리려 했던 걸까.

각양각색의 향수 장만하기는 숨통을 트여 주는 놀이이기도 했다. 외출을 삼가던 시기에 꽤나 기분 전환이 되었다. 놀이에 열중하다 보니 어느새 작은 벽장 한 칸에 향수병이 빼곡하게 들어찼다. 벽장문을 열어 보면 언제든, 향수에 푹 빠졌던 한 시절을 기념할 수 있는 진열장으로 남았다.

차츰 일상을 회복해 가는 지난 한 해였다. 성냥갑처럼 네모난 집을 나선다. 큰길에 들어서니 자동차 매연 냄새도 나고, 왁자지껄한 소리와 함께 식당에서 고기 굽는 냄새도 난다. 달리며 내 어깨를 스치는 사람이 땀 냄새를 훅 끼친다. 그런데도 그다지 싫지 않은 건 마주한 생생함이 반가워서인가, 살아 있는 온기가 나를 지나쳐 가서인가.

홀로 향기에 심취했을 때 나도 몰랐던 아쉬움이 남았나 보다. 진짜를 흉내 낸 향기의 그늘을 보아서 더 그런지 모른다. 이제 타인과 함께 섞이고 닿으며 배어드는 '사람 냄새'가 더 궁금하다.

내가 좋다고 뿌린 향수가 타인의 취향에 맞지 않을 수도 있다. 누구나 좋아할 만한 향이라도 지나치게 뿌린다면, 짙게 풍기는 향수 냄새로 남에게 불쾌감을 줄 수도 있다. 그러다 보니 차츰 향수를 찾지 않게 되었다.

동화 속 성냥팔이 소녀가 간절히 원했던 것은 무엇이었을까. 환한 집, 따듯한 공기, 허기를 달래 줄 음식이었을까. 외로움을 알아주고, 손을 먼저 뻗어 주고, 따듯하게 안아 줄 누군가는 아니었을까. 성냥팔이 소녀의 마음을 헤아려 보며 그동안 못 만났던 사람들을 만나고 있다. 향기보다 그윽하고 오래 남는 살아 있는 온기를 찾으려 한다.

정지연

작가 노트

문학 형식을 갖춘 글을 처음 쓴 건 언제였을까. 아마 김연수의 『소설가의 일』이 출간되었을 때다. 출판사에 짧은 단편을 써 보내면, 작가가 몇 편을 뽑아서 선물을 주는 이벤트가 있었다. 김연수 작가를 무척 좋아했기에 탐이 났다. 『소설가의 일』을 거듭 읽었다. 책에 나와 있는 방법대로 소설을 구상했는데 즐거웠다. 기승전결이 있는 이야기를 만들었다. 완성도에 자신이 없어 제출하지 못했지만, 내 안에서 나온 작은 이야기 하나가 생겼다.

운이 좋아 등단 작가들의 소설 합평 모임에 들어갔다. 나는 주로 독자 역할이었다. '이런 부분이 공감되고, 저런 부분은 정말 좋다. 꼭 완성해 보시라'고 격려했다. 어쩐지 출판사에서 편집자로서 하던 일과 비슷했다. 구성원들이 예술가의 자의식을 내세워 서로 부딪힐 때는 난감했다. 모임이 2년쯤 지났을 때 어느 술자리에서,

묵혀 둔 감정이 부딪쳐 싸움이 났다. 함께 글을 쓴다는 건 쉽지 않았다. 그래도 내가 글을 쓸 수 있다는 건 알게 되었다. 주제, 인물, 내용, 문체 무엇 하나 흡족하게 써지지 않았지만, 일단 마감이 있으면 완성은 할 수 있었다.

마감하는 습관을 얻으려 글요일에 합류했다. 2년 남짓 2주에 한 편씩 글을 마감하는 일은 녹록지 않았다. 마흔여섯 번 모임을 하면서 조금씩 글쓰기 흐름을 익혀 갔다. 이전에도 가끔 틈을 내어 글을 쓰곤 했지만, 그것은 일상 밖의 일회적인 경험이었다. 글쓰기가 내 삶이 되려면 글을 일상 깊숙이 들여놓아야 했다. 내 글을 쓰는 일도, 서로 글을 읽어 주는 일도 차츰 생활 속에 자리 잡았다. 우리는 그렇게 글요일 동창생이 되었다.

느리게 친해지고 조금씩 알아갔다. 어느새 서로가 쓴 글에 스며들었다. 다 안다고 생각해서도 안 되고, 함부로 단정 지어서도 안 되었다. 글을 쓰는 일은 사람과 사귀는 일과 참으로 닮아 있었다. 원고가 쌓이는 만큼, 우정도 쌓였다. 퇴고도 마찬가지였다. 보기 싫은 부족한 내 글도 계속 다시 봐야 했다. 싫은 마음, 상한 자존심, 어긋난 기대, 뜻밖의 실망감. 글을 퇴고할 때마다 왠지 모르게 그동안 들여다보기를 미뤄 두었던 감정들도 다 같이 올라와서 내게 돌보아 달라고 했다.

저리 밀쳐 둔 탓에 갈 길을 잃은 내 감정들을 찬찬히 다시 들여다보고 보듬어야 했다. 그러고 나니 글도 남고, 사람도 남았다. 같은 관심사와 과제를 두고, 즐겁기도 하고 힘들기도 했다. 각자의 이야기와 시간을 함께 나누며 울고 웃었다. 지금까지보다, 앞으로 나눌 시간이 더 많이 남아 있는 사람들이다. 40대 나이에 어디서도 다시 하기 어려운 진한 집단 경험이었다.

나는 여기 적은 글들을 그때의 목소리와 그때의 시선으로 썼다. 지금의 목소리와 지금의 시선으로는 다르게 들리고 다르게 보이는 이야기들이다. 하지만 당시 한계 속에서 나름의 최선으로 살아 냈던 순간을 말하고 썼기에 의미가 있다. 그 시절 아무도 들어주지 않았던 내 말을, 오늘의 나와 내 동료들, 선생님이 함께 들어 주었다. 사건은 같은데 관점이 달라졌다. 같은 일을 그때와 지금은 어떻게 다르게 보는지 알아보는 일, 그 또한 글쓰기가 하는 일이었다.

우리 안에서 끝났을 이야기가 책을 통해 세상으로 나오게 되었다. 이 책이 어떤 분들에게 닿게 될지 궁금하다. 글 속에 담긴 마음이 얼마만큼 전해질지도. 공들인 시간과 정성이 한 사람의 독자에게 순전히 다가갈 수 있다면, 우리가 지난 2년간 해 온 작업도 성공적으로 마무리된 것이리라. 기꺼운 마음으로 당신을 초대한다.

취미는 반항, 인생은 방학.

할 수 있는 것보다

하고 싶은 걸

글로 붙잡으려는 욕심쟁이

시윤정

좋아하는 사람 앞에서 말이 많아진다. 수다 떠는 것만큼이나 커피와 한옥을 좋아한다. '경안당'이라는 한옥 카페에서 아르바이트하고 있다.
지난 이 년여간 책방 마그앤그래에서 열린 글요일에 참여했다.

사랑하기 좋은 장소

"안 되겠다. 오늘 호텔 방 잡아야겠는데?"

최 이사는 그저 농담한 것일지도 모른다. 좀 전까지만 해도 우린 배우자에 관한 소소한 험담부터 회사에서 함께하는 프로젝트에 관해 허심탄회하게 이야기하고 있었는데, 갑자기 조용해졌다. 차 안을 채우는 공기의 질이 묘하게 변한 듯한 느낌이었다.

운전석에 앉은 그가 아주 조금 자세를 고쳤다. 바라보지 않아도 나는 금세 움직임을 눈치챘다. 그만큼 가까운 거리에 우리 둘만 있다는 것을 의식했다. 두근거림이 쉽사리 멈추지 않았다. 최 이사는 직장 동료일 뿐이라고 마음속으로 선을 그었다. 아니, 숫제 선을 긋는다는 생각조차 할 필요 없다고 되뇌었다.

"진짜 그럴까요? 호텔로 갈까요, 이사님?"

평소라면 이렇게 당돌하게 되받아치는 것이 내 성격이지만, 그때만큼은 그냥 희미하게 웃고 말았다. 하려던 말도 대충 얼버무리면서.

최 이사가 태워 준 차에서 내려서 집으로 걸어가던 순간, 잠들어 있던 생의 감각이 기지개를 켰다. 찬 공기. 오돌토돌한 도로의 표면. 가로등 불빛. 모든 것이 더없이 생생하게 보였다. 삶이 와락 나를 향해 달려드는 느낌이었다. 무서울 정도로 고요한 밤이었다. 어둠에 잠긴 낡은 아파트 단지는 깊이 잠든 사람의 얼굴 같았다. 걷는 내내 찬바람은 목덜미로 파고들었다. 집요한 애무를 받을 때처럼 귀가 어깨에 붙을 정도로 움츠렸다. 그래도 옷깃과 살갗 틈새로 한기가 스며들었다.

어쩌면 차라는 장소가 문제였던 것도 같다.

남편이 운전을 하지 못해서 항상 내가 운전을 했다. 매번 앉았던 운전석이 아닌, 조수석에 타니 기분이 색달랐다. 운전자가 이끄는 대로 이동하는 수동적인 상황 앞에 마음이 속수무책으로 흔들렸던 걸까. 아니면, 차 안이 주는 친밀한 분위기에 취해 버렸나. 평소 호감이 있던 남자와 단둘이 차에 타고 있으니, 마치 내가 그의 무엇이라도 된 것처럼 착각한 것일까.

차는 남편과 내가 종종 모텔 대신 애용하는 공간이기도 했다. 아이가 생긴 후 남편은 집에선 마음 편히 섹스하지 못하겠다고 말했다. 집이라는 장소 대신 물망에 오른 건 차였다. 조수석을 있는 힘껏 젖히고 남편 위에 올라탄 채 사랑을 나누었다. 그런데 차에서 사랑을 나눌 때면 나도 모르게 몸이 굳었다. 사람이 오가지 않는 한적한 장소와 시간대를 골라도 누가 보면 어떡하나 싶었고.

사랑하기에 적합한 장소는 따로 정해져 있지 않다고 쿨한 척했지만, 몸은 정직했다. 내가 원하는 사랑의 장소는 따로 있다고 남편에게 솔직하게 털어놓지 못했다. 나는 좀 더 안전하고, 낭만적인 장소를 원했다.

그래서였을까. 몰랐다. 호텔이라는 말에 그토록 마음이 휘청거릴 줄은.

첫 경험은 호텔에서 하고 싶었다. 첫 섹스를 했던 애인에게 실제로 선언하듯 말한 적이 있다. 실제로 첫 경험을 한 장소는 애인의 하숙집이었다. 방음도 되지 않을 것 같은 낡은 방에서 얼렁뚱땅 해치웠다.

호텔 정도는 되어야 옷을 벗겠다고 오만하게 굴어야 상대가 나를, 더 정확하게는 내 몸을 소중히 대해 줄 것 같았다. 얼마나 나를 원하는지, 애인의 마음을 시험해 보고도 싶었다. 무엇보다 첫 경험은 아무 데서나 하고 싶지 않았다. 애인이 사랑을 나누기 위해 비싼 비용을 지불한다는 것이 나를 향한 욕망이 얼마나 큰지 확인할 방법이라는 다소 얄팍한 계산 같은 것도 깔려 있었다.

그러나 애인도 나도 마음의 사치를 부리기에는 돈이 없었다. 장학금을 받으려고 기를 쓰며 학교에 다니면서도, 닥치는 대로 아르바이트를 했다. 그래도 섹스에 대한 호기심만은 남달리 강했던 시기였다. 첫 경험 후 애인의 하숙방을 드나들기 위해 현관을 꽉 채운 낯선 신발들을 수없이 밟았으니.

친숙한 공간이라야 사랑을 나눌 때 몸이 더 잘 열리는 것 같다. 그런데 애인의 하숙집은 아무리 자주 가도 익숙해질 뿐 편하지 않았다. 호텔 대신 모텔에 갔을 때는 갈라진 벽 틈이나 못을 뽑아낸 흔적 같은 것이 자꾸만 수상하게 보였다. 초소형 몰래카메라 같은 게 숨겨져 있으면 어쩌지. 해외 야동 사이트 같은 곳에 알몸이 찍힌 영상이 올라가 있는 고약한 상상까지 할 정도로 불안했다. 나는 늘 장소가 불만이었다.

덮으면 눅눅한 느낌이 드는 이불. 모텔 특유의 습기와 옅은 곰팡내. 이런 것이 싫어서 나는 섹스를 하기 전 깨끗한 수건을 침대 시트 위에 깔곤 했다. 불안하고 불편한 마음을 수건 한 장으로 무마하겠다는 듯이 말이다. 수건을 깐다는 것은 나에게 의식과도 같은 행위였다.

결혼하면 사랑을 나눌 공간을 찾아 헤맬 필요가 없을 거라고 생각했다. 그런데 침대 위에 수건을 까는 것 정도로는 덮어 버릴 수 없는, 어찌 보면 전보다 더 심각한 고민이 찾아왔다.

애인이었던 남편에게 그만 익숙해지고 말았다. 설렘은 증발해 버렸다. 내 몸을 만지는 남편이 전혀 낯설지 않아서 나는 좀 당황스러웠다.

누군가를 사랑하면 그를 지나치게 잘 알게 되고, 너무 잘 알게 된 사람에게서는 처음과 같은 설렘을 맛볼 수 없다. 지금 내가 남편을 보는 눈빛에 권태가 깃들어 있듯이. 반면 내게 숨겨진 욕구를 새롭게 일깨워 주는 상대, 예를 들어 최 이사 같은 이는 너무 낯설어서 새로운 감정에 빠져드는 걸 주저하게 한다. 그러니 생을 느끼는 감각 자체를 잃어 버리고 몸이 시들해지는 건 어찌 보면 당연한 절차처럼 여겨진다.

호텔이라는 말을 아무렇지 않게 꺼내는 최 이사보다 호텔에 대한 환상 때문에 그토록 설렜던 것인지도 모르겠다.

모처럼 온몸이 흠뻑 젖도록 뒹굴고 싶었다. 임시로 빌린 공간 안에서는 책임감도 이상할 정도로 가벼워지기 마련이다. 코 앞에서 풍기는 쾌락의 향기를 모른 척할 필요도 없겠지. 그저 상대를 온전히 느껴 보면 어떨까. 사랑을 나누는 두 사람을 완벽하게 밀폐해 주는 객실 안이라면 가능하지 않을까. 몸과 마음 깊숙한 곳에 똬리를 틀고 있는 욕망에는 이성이라는 눈이 없을 테니. 눈이 먼 채로 하나의 감각에 내 모든 것을 걸어 보고 싶었다.

그러나 그 모든 건 내가 살아 있기에 어쩔 수 없이 겪어 내야 하는, 일시적인 감정이기도 했다.

은하계 너머

"혼자 화장실에 갈 수 있다는 것도 지극한 행복이다."

메시지를 보낸 사람은 아버님이었다. 수술 후 타인의 도움을 받지 않고는 일상생활이 힘드셨나 보다. 애잔한 기분에 잠긴 것도 잠시. 불쑥 불쾌한 기억 하나가 떠올랐다. 어째서 잊고 싶은 실수가 바로 어제 겪은 일처럼 생생한 걸까.

아이가 여섯 살 때였다. 애를 낳고부터는 연도 대신 아이가 자라는 속도로 세월을 헤아리게 된다. 이사 후 새로운 유치원에 아이를 보냈는데 같은 반에 아이를 보내는 엄마들과 친해지기가 어려웠다. 데면데면하게 지내던 어느 날, 한 사람이 내게 다가왔다. 유치원 반 대표 엄마였다.

그 엄마는 자기 아이 생일 파티에 반 아이 전부를 초대했다. 나를 포함하여, 거의 모든 엄마가 참석한 자리는 떠들썩했다. "인생 뭐 있어? 즐겁게 살아야지."라고 말하는 그 엄마는 호탕한 사람이었다. 나는 맥주를 따라주는 족족 잔을 비웠다.

까마득히 잊고 있었던 감각이 전신에 퍼졌다. 전생이 있다면 그 시절 미치게 사랑했던 사람을 다시 만난 기분이랄까. 임신과 수유기를 거치면서 술이라곤 한 방울도 입에 대지 않았다 보니 적은 알코올에도 몸은 민감하게 반응했다. 알딸딸하게 취한 채 다른 엄마들의 어깨에 팔을 두르고 연신 건배사를 외쳤다.

그날, 알코올과의 전투에서 끝까지 살아남은 이들과 친해졌다. 페트병에 든 맥주를 '뚱땡이'라는 암호로 부르면서 우리는 매일같이 만났다. 접선 장소는 아이가 있는 관계로 주로 집이었다. 처음엔 뚱땡이를 마시기 위해서가 아니라 내 아이가 외둥이라서 부족할지 모를 사회성을 기르기 위한 것이라고 합리화했다. 이것이 진정 품앗이 육아라면서.

점차 스스로 늘어놓았던 궁색한 변명도 더 이상 하지 않았다. 끓어 넘치던 불만들이 맥주와 만나니, 꿀떡꿀떡 삼킬 만했다. 그러다 보니 어느새 애들 저녁 식사를 함께 챙기는 사이가 되었다. 엄마들과 뚱땡이를 마시는 게 하루의 마무리였다. 차츰 아이 아빠들과도 안면을 텄다. 일찍 퇴근한 아이 아빠들을 '형부'라고 부르면서 내 아이까지 맡겼다. 우리들은 종종 동네에서 먼 술집까지 원정을 다녔다. 그럴 만한 이유가 있었다.

육아는 한마디로 전쟁 같았다. 각자의 집에 처박혀서 각개전투를 하는 것보다 한 집에 모여서 다 같이 애들을 돌보는 편이 쉬웠다. 술과 마음을 나누던 여자들은 서로에게서 전우애를 느꼈다. 전우를 둔 아내의 안색이 날마다 밝아지는 걸 목격한 남편들은 어느 술집이 좋은지 알려 주면서 더 멀리 원정을 다녀오라고 등을 떠밀었다. 때론 남편들까지 합세해 술판을 벌였다. 내 남편은 그 자리에

끼지 않았던 유일한 '물건'이었다.

부부 동반 모임에 남편 없이 혼자 가는 건, 뭐랄까. 아무런 예고 없이 우주로 내쳐진 비행사가 느낄 법한 소외감이라고 해야 할까. 친한 엄마들에게도 말 못 할, 지구상에 있는 말로는 표현하지 못할 색다른 외로움을 앓기 시작했다. 아이를 낳기 전부터 내게 뿌리내리고 있던 보다 근본적인 고독감에 가까운 것일지도 모르지만.

아이를 낳은 후 새로운 은하계로 이주한 것 같은 기분에 사로잡히곤 했다. 여태껏 맡아 본 적 없는 냄새들로 후각이 예민해졌다. 칭얼대는 아이의 소리에 신경이 곤두섰다. 출산한 지가 언제인데. 몸과 마음은 좀처럼 회복이 더뎠다. 나는 산후우울증보다 육아우울증을 더 심하게 앓았다.

'중력이 나에게만 차별적으로 작용하는 건가? 물에 젖은 솜처럼 왜 이리 몸이 무겁지?'

좋은 엄마가 되어야 한다는 욕망을 건드리는 건 왜 그리 많은지. 이왕이면 유능하면서도 너그러운 엄마가 되고 싶어서 EBS에서 틀어 주는 육아 교양 프로그램을 꼬박 챙겨 보았다. 그러다 화병이 났다. '저대로 따라 하다간 엄마가 울화증으로 죽겠는데? 저런 말을 하는 정신과 의사도 이론만 빠삭하지, 자기 애한테 말한 대로 실천할까?' 게다가 힐링 전도사로 이름을 떨치던 스님은 트위터에 아이와의 애착을 위해 워킹맘은 새벽에 일어나서 아이와 놀아 주라는 게시글을 올려서 설화를 빚었다. 그땐 정말이지 참고 있던 분노가 폭

발했다. '유해하다. 저 땡중 같은 인간이야말로 출산율을 떨어뜨리는 데 한몫한다.'

그 무렵 난 프리랜서로 회사에 다녔다. 말이 좋아 프리랜서지, 정규직보다 시간 사용에 융통성이 있을 것 같아 시작했는데 프리랜서의 '프리'는 무료로 일하는 사람 같은 게 아닌가 싶었다. 주말이면 녹초가 되기 일쑤였다. 밥할 힘이 없어 가까운 밥집이라면 아무 데라도 가고 싶었지만. 도무지 아이와 함께 갈 만한 장소가 없었다. '기저귀 가는 곳도 없고, 맛에 비해 비싸기만 하고. 왜 이렇게 촌스러운 거야.' 마음은 타다 못해 재가 되었다. 문제는 잿더미 속에서 여전히 불씨가 꿈틀대고 있다는 것. 그러나 그 작은 열기마저도 꺼트리는 에너지가 있었다. 갓 태어난 아이가 뿜어내는 활력 앞에서 내 남은 기운은 사그라들었다.

아이는 태양 같았다. 꺼지지 않는 불덩어리 그 자체. 미치게 예뻤고, 그래서 힘겨웠다. 하루가 아이를 중심으로 정신없이 빙빙 돌다가 끝이 보일 무렵부터는 입에서 '잠들어라. 빨리 잠자라.'라는 말이 주문처럼 흘러나왔다.

아이가 잠들면 시간은 빛보다 빠르게 흘렀다. 막상 돌봄에서 해방된 후엔 기진해서 그저 멍하니 있어야 했다. 시간이 아까워도 제대로 된 뭔가를 시도할 수 없었다. 재에 덮인 미약한 불씨는 이내 꺼지고 말았다. 우주에 퍼진 암흑물질이 마음을 점령하도록 내버려 두었다.

아이가 중심인 태양계로부터 이탈하고 싶었다. 가정이라는 궤도 바깥으로 나가야 살 것 같았다. 어느 날, 연료인 맥주, 암호명 뚱땡이를 가득 주입한 우주선이 나타났다. 거기엔 나와 같은 육아 동지들이 타고 있었다. 태양계가 속한 우리은하 너머에는 또 다른 은하들이 있다. 소주, 맥주, 소맥, 위스키 등등을 마시다 보면 태양계에서 멀어지면서 이전과 다르게 작용하는 중력을 느낄 수 있었다.

우주는 광활했다. 그 거대한 세계에서 나는 어떤 의미를 찾고 있었다. 잊었던 감정들을 일깨우고 싶었다. 자신을 잃어버린 것 같은 막막함에서 벗어나려고 발버둥 쳤다. 가능한 한 더 멀리 나아가야 했다. 그러다 보면 목적지에 도착할지도 모를 일이었다.

새벽 세 시에 집으로 들어왔던 날, 남편은 자지 않고 굳이 기다리고 있었다. 난 넌더리가 나서 늦은 걸 해명하고 싶지도 않았다. 부부 동반 모임에 나 혼자 나가게 하다니. 인정머리 없는 놈. 술기운이 골수까지 뻗쳐 있었다. 화장실로 직행해서 변기에 앉자마자 정신을 잃었다. 변기에 착륙은 했는데 그대로 욕실 바닥으로 쓰러졌나 보다.

뺨에 차가운 느낌이 닿아서 소스라치며 눈을 떴다. 순간 취기를 싹 잊었다. 벌떡 일어나 거울을 보았다. 다행히 멍은 들지 않았다. 안도하며 시선을 아래로 향했을 때 화장실 문이 조금 열렸다. 바닥에 웬 나무토막 같은 게 하나 놓여 있었다. '어디서 나온 통나무 조각이지?' 문틈으로 남편의 목소리가 들렸다. "너 똥 싼 거야." 통신이 끊겼던 의식이 우주 어딘가를 떠돌고 있나 보다. 얼른 상황이 접수되지 않았다. 그러다 어떻게 된 상황인지 알아차리자마자 보기도 역겨운 '그것'을 손에 둘둘 감은 휴지로 얼른 주워서 변기 물에 고이 흘려보냈다.

그날 이후 남편은 능글맞은 얼굴로 날 보며 이죽거리기 시작했다. "야, 사진 찍으려다가 참은 거야. 네가 부끄러워할까 봐." 저런 인간이 내 남편이라니. 가족이라니. 심장은 지구의 내핵까지 하강했다. 굉음을 내며 어떤 축을 중심으로 빙그르르 돌던 행성 하나가 움직임을 일시에 멈췄다. 한낱 인간에 불과한 나는 거대한 회전력을 이기지 못하고 바닥에 주저앉고 말았다. 내 남편만 이런가.

육아하는 내내 혼자가 된 것 같은 느낌에 시달렸다. 연약한 아기를 키우기 위해서는 나라는 존재를 지워야 했다. 언제까지 나는 빛나지 않은 채로, 우주를 떠돌아야 하는 걸까. 어째서 돌봄에는 끝이 없는가. 웃긴 건 아이를 돌보는 나를 돌보는 사람은 없었다. 어떤 물질과도 섞이지 않고 어떤 것에도 반응하지 않는 모습으로 나는 점차 변해 가고 있었다.

그런데 그런 절규는 나만 한 것이 아니었나 보다. 아이를 낳지 않으려는 사람들이 늘어 가고 있다. 출생률 저하는 우리 사회뿐만 아니라 전 세계적으로 심각한 사회문제로 대두되고 있다. 더 이상 아이를 낳지 않겠다고 비명을 지른 게 나 혼자가 아니라는 것은 다행일까, 아니면 불행일까.

어쨌거나 여전히 난 은하계 너머로 떠나고 싶다. 아이를 키우는 일이 꼭 엄마만의 몫이 되는 은하계에서 간신히 탈출하자마자 아이의 학습 능력이 엄마의 과제라고 여기는 은하계와 가까워지고 말았다. 이런, 어서 이 은하계와도 멀어져야겠다. 여전히 날 놀리느라 여념이 없는 남편을 응시하면서. 종류는 다를지언정 책임의 무게는 같은 육아라는 세계에서 나는 조용히 완전한 탈주를 꿈꾼다.

여기가 아닌 다른 은하계라면 술로 정신을 마비시킬 필요가 없다. 그러니 만취할 일이 없지. 그러니까 화장실 변기에 불시착하는 일도 없을 것이다. 그곳에서는 불필요한 감정의 부스러기까지 바깥으로 잘 배출할 수 있을 것 같다.

어서 빨리 떠나야 한다. 한시가 급하다.

피가 섞이진 않았어도

누군가 현관문을 거칠게 두드렸다. 토요일 밤이었다. 배달을 시키지 않았는데. 찾아올 사람도 없는데. 오랜만에 가족 모두 거실에 모여 텔레비전을 보고 있었다. 평소라면 각자의 방에 틀어박혀 스마트폰을 보면서 낄낄댔을 시간이었다.

"누구세요?"

밖에서 대답이 들려오지 않았다. 어쩐지 불길한 느낌이 들었다. 강도가 아닐까. 문을 열어서 용건을 확인할지, 오히려 채우지 않은 자물쇠까지 잠가야 할지 고민하면서 돌아서려고 할 때였다.

망치로 문을 세차게 내리치는 것 같은 소리가 또다시 들렸다. 더 이상 참지 못하고 문을 열어젖혔다.

"불 났어요. 건물이 무너진대요. 얼른 피하세요."

초인종이 고장 난 채로 지내고 있던 것이 화근이었다. 아무리 벨을 눌러도 응답이 없으니 다급해진 이웃 사람이 문을 세게 두드려서 위험을 알려 준 것이었다. 본인도 대피하느라 정신없었을 텐데. 위험을 알려 준 이가 이루 말할 수 없이 고마우면서도, 처음 본 얼굴이 낯설기도 했다.

문을 열자 꼭 장대비가 오는 것 같았다. 천장에선 물줄기가 사정없이 쏟아지고 있었다. 시야가 뿌옜다. 계단이 있는 곳에도 물이 차올라서 사람들이 뛰어 내려갈 때마다 찰방거리는 소리가 들렸다. 뒤따라 나왔던 남편은 재빨리 집으로 들어가더니, 아이를 향해서 소리쳤다.

"불났어. 얼른 나가."

그러나 나는 남편의 말과 반대로 집 안 구석구석을 살피기 시작했다. 치즈의 모습이 보이지 않았다. 아무리 치즈를 불러보아도 소용이 없었다. "치즈야, 우리 나가야 해."라는 말만 되풀이하면서 거실에서 안방으로, 안방에서 부엌으로, 부엌에서 아이 방으로 정신없이 왔다 갔다 했다. 남편은 화가 머리끝까지 나서 소리쳤다.

"지금 고양이 새끼 챙길 때야? 얼른 나와."

그 말에 나는 "먼저 가. 난 치즈랑 같이 나가야 해."라고 맞받아쳤다. 더 이상 말다툼할 시간이 없었다. 입씨름하느니 차라리 치즈를 찾는 데 그 시간을 써야 옳았다.

고양이는 위험한 상황을 맞닥뜨리면 꼭꼭 숨는 습성이 있다. 화재가 나면 옷장 안이나 가구와 벽 사이로 틀어박혀서 그대로 타 죽는다는 이야기를 들은 적이 있다. 마음이 급해지니 오히려 몸은 굼뜨게 움직이는 것 같았다. 내 다리가 맞나 싶게 한없이 불안정하고, 둔하게 움직이는 것 같아서 눈물이 나려 했다.

그렇게 집을 샅샅이 뒤지던 중 어디선가 치즈가 튀어나왔다. 살았다 싶어서 나도 모르게 큰 소리로 치즈를 불렀을 때였다. 치즈는 등을 둥글게 말고 꼬리털을 한껏 부풀렸다. 가까이 오지 말라는 듯

"하악!" 소리를 여러 번 냈다. 그래도 내가 다가오는 것을 멈추지 않으니 귀가 가로로 납작해졌다. 그러곤 이전에 보지 못한 속도로 내달리기 시작했다.

나를 피해 이리저리 뛰어다니는 치즈는 포화 속 전쟁터를 누비는 야생마 같았다. 평소 살이 쪄서 느리다고 생각했는데. 아니었다. 그렇게나 재빠를 줄이야. 죽을힘을 다해 달려가도 번번이 치즈는 한 발짝만큼 앞서 있었다. 붙잡기란 틀린 일 같았다.

포위망을 피해 도망치던 치즈가 내 뒤에 어쩔 줄 모르고 서 있던 아이를 보더니 조금 안심했는지 동작이 느려졌다. 그때 아이가 담요를 내게 건넸다. 그러자 치즈의 콧잔등에는 주름이 잡혔다. 가까운 거리였다. 나는 담요를 펼치자마자 그대로 치즈가 있는 쪽을 덮어 버렸다. 드디어 잡았다. 안도하려던 순간, 치즈는 유연하게 몸을 뒤틀었다. 어떻게든 치즈를 담요로 감싼 채 꽉 끌어안았지만, 그럴수록 품에서 빠져나오는 것 같았다. 발버둥 치는 치즈를 막는 게 불가능하게 느껴졌다. 그때였다. 치즈가 내 팔을 물었다. 쌀알만큼 작은 이빨이 박혔다가 빠져나온 자리에서 피가 흐르기 시작했다.

치즈를 키우기 전, 나는 동물이 무서웠다. 동물은 사람처럼 말이 통하지 않으니까. 인간과 가장 친하다는 개조차도 때때로 본능이 발동하면 주인을 물지 않나. 그래서 이런 상상을 하곤 했다. 치즈가 사람을 무는 고양이였어도, 한집에서 살 수 있을까. 한 번도 일어나지 않은 일이었지만, 그런 상상을 할 때면 왠지 자신이 없었다.

그런데 막상 치즈가 나를 사정없이 물어뜯었을 때, 불에 덴 것처럼 화끈거리는 통증도 참을 만했다. 치즈를 꽉 붙잡다가도 너무 세게 안아서 갈비뼈라도 부러지면 어쩌지 싶어서 힘을 풀기를 반복했다. 치즈를 집에 남겨둔 채 나만 대피하는 상황이 생길까 봐 두려워질 때면 다시 힘주어 치즈를 끌어안았다.

닭똥 같은 눈물이 떨어졌다.

어떻게든 나가야 해. 네가 불타 죽는 일은 없을 거야. 엄마가 널 꼭 지켜줄게.

나는 언제나 엄마라는 말이 버거웠다. 누군가를 지켜야 하는 상황에서 달아나고 싶었다는 말이 더 적확할 것이다. 아이를 낳았어도 내가 엄마라는 사실이 도무지 실감 나지 않았다. 그런데 낳지도 않은 고양이를 보호해야 할 자식처럼 느끼다니.

생전 처음 보는 내 모습이 낯설었던지 치즈는 숨겨 왔던 발톱을 드러냈다. 나중에 알았지만 발톱이 몇 개 빠질 정도로 격렬하게 저항했다. 집 밖으로 빠져나간 후에야 갈고리 같은 조그만 발톱이 팔에 박혀 있는 것을 알았다.

같은 동에 사는 아파트 주민 모두가 대피했던 그날 밤. 다행히도 화재가 난 건 아니었다.

어떤 집에서 인테리어 공사를 대대적으로 하던 중 천장이 무너지면서 스프링클러를 건드렸고, 그 바람에 천장에서 물이 왕창 쏟아진 것이었다. 생각보다 소동은 싱겁게 마무리되었다. 그 일로 출동

한 구급대원들은 나를 치료해 주면서 파상풍이 염려된다고, 날이 밝는 대로 병원에 가 보길 권유했다. 덕분에 나는 가려고 했던 여행 계획을 취소하고, 한동안 양팔에 붕대를 감고 지냈다.

그 일을 겪으면서 전에 몰랐던 새로운 사실을 알게 되었다.

사랑하는 것을 지키기 위해 망설임 없이 위험을 무릅쓰는 것은 남의 일로만 여겼는데. 막상 비슷한 상황이 닥치자 있는지도 몰랐던 용기가 내 안에서 솟구쳤다. 만약 치즈를 내팽개쳤더라면. 나만 살겠다고 혼자 도망갔다면. 스스로에 대한 실망감과 치즈를 버렸다는 죄책감에 쩔쩔맸을 것 같다. 상처가 남긴 흉터를 매만질 때마다 혼자 도망치지 않아서 다행이었다고 남몰래 안도한다.

그러니까 진정 사랑하는 것들은 때론 고통을 안겨주지만, 그런 종류의 아픔은 견딜 만한 것 같다. 사랑하는 것을 보호하기 위해 우리는 가끔 상처도 입는다. 그런 아픔은 대체로 견딜 만했다. 어쩌면 그 고통까지 감수하는 것이야말로 사랑의 일부일지 모르지.

여전히 치즈는 귀엽다. 나는 그 사건 이후로 더 자주, 더 많이 치즈를 생각한다.

치즈. 너와 내가 피는 섞이지 않았다만.

넌 내가 가슴으로 낳고 지갑으로 길렀다.

이상한 말처럼 들릴지 모르지만, 그때 피를 철철 흘린 일은 지나고 보니 '웃픈' 추억이 되었다. 같은 동에 사는 사람들은 내 핏자국을 보고 큰 사고가 난 것으로 오해했다. 나는 아픈 와중에도 왜 피를 흘리게 되었는지 설명하느라 정신이 없었다.

이제 치즈로 인해 생긴 흉터는 쪼그라들어서 색연필로 찍은 점 같다.

칼국수를 먹으러 가서 수저를 놓다가 무심코 팔을 내려다보았다. 언제나 치즈를 떠올리게 하는 흔적. 꼭 모기 물린 자리를 자기도 모르게 긁어서 덧난 것 같은 상처 자국은 진한 핑크색이다.

시윤정

작가 노트

나 자신을 어떤 정체성으로 규정하고 싶지 않다. 내가 어떤 사람인지 모른 채로 살아간 적도 있었으니까.

그래도 쓰는 중이다. 지금 하는 일이 나를 설명해 준다면 좋겠다.

글과 삶 사이에는 틈이 있다. 그 틈새로 흘러가 버리는 글자들을 볼 때면 안타깝다. 그래도 어쩔 수 없다는 기분으로 여전히 쓰고 있다.

과거에 사랑했던 것들이 지금에 와서 나를 옥죄는 것으로 변했다는 걸 알아차렸을 때.

나는 썼다.

그러한 사람이 나만이 아닐지 모른다고 믿으며, 증언하듯 쓰고 있다. 그렇게 써 내려간 글에서 어떤 부분은 과감히 지웠다. 지금에 와서 생각해 보면 삭제한 그 문장들이야말로 원래 하려고 했던 이야기에 가장 가까웠을지도.

힙합에 맞춰 아리랑 추는 여자,

“미안해요. 고마워요.”가 무기인

공손한 팜므파탈,

한 집안의 요술램프 지니

한진희

작은 미술교습소에서는 아이들을, 장애인복지관에서는 성인들에게 미술을 가르치고 있다.
학생들에게 배움에는 끝도 없고, 잘못해도 괜찮다는 이야기를 제일 많이 한다. 이번에는 내가 글요일의 학생이 되어 책상에 앉아 보았다. 틀리는 것도 싫고, 잘하고 싶은 마음이 앞선다. 글쓰기를 시작하면서 다시 배움의 마음을 알아 가고 있다.

인스타그램 @coraljini

대신 만나러 갑니다

새로 이사 온 동네에는 오래된 시장이 있다. 어느 시골 읍내를 길게 잘라 끼워 놓은 것 같다. 평소 시장 옷 가게에는 관심조차 주지 않았다. 꽃무늬가 잔뜩 있거나 지나치게 화려한 옷을 입은 마네킹을 앞세워 놓았기 때문이다. 어르신들이 입으면 좋아할 것 같은 옷들이었다. 그런데 요 며칠은 그 옷 가게 앞을 계속 서성거렸다. 옷을 사 주고 싶은 사람이 생겨서다.

그런데 도무지 그분의 취향을 모르겠다. 나보다 그분을 오래 알고 지낸 남편에게 옷을 골라 달라고 했다. 남편은 고심하며 "어르신은 화려한 옷은 안 좋아하시는 것 같아."라고 말했다. 매장을 두어 바퀴 둘러보고, 남색에 품이 넉넉하고 목과 팔 둘레에 작은 레이스가 달린 옷을 골랐다. 얌전해 보여서 절에 가거나 나들이 갈 때 입기 좋아 보였다.

결혼한 이듬해 여름, 그분을 시댁 마당에서 처음 보았다. 결혼식에도 왔다는데 기억에 없었다. 시아버지는 "우리는 친구야. 둘이 빤스만 입고 나란히 자도 아무 일 없어."라며 친구를 소개해 주었다. 그분은 풍채가 있고, 둥글넓적한 얼굴에 눈도 코도 입도 작았다. 짧은 커트 머리에 목소리는 단단하고 씩씩했다. 뭔가 옹골진 느낌이었다.

수줍게 서로 인사하고 난 뒤 나는 무얼 해야 할지, 앉아야 할지

서야 할지 몰라서 엉거주춤하게 있었다. 그분이 먼저 조용히 할 일을 찾아서 했다. 그제야 나도 옷을 갈아입고 그분을 따라갔다. 주방 가스레인지 뒤 타일의 찌든 때를 닦으며 "이기 언제 닦고 안 닦았는지 누른 게…. 에구 쯧쯧. 이래 놓고 느그 아버지 혼자 용케 잘 산다."라고 흉을 봤지만, 말투에는 깊은 끈끈함이 있었다. 옆에 있던 시아버지는 민망해하기는커녕 "왜 남의 집에 와서 신경 쓰이게 그걸 닦고 있어!"라며 화를 냈다.

두 사람을 신기하게 바라보다 조용히 남편에게 다가가 물었다. "아버님 여자친구 있으셨어? 대박!" 나도 모르게 속마음이 새어 나왔다. 내가 보기에 시아버지는 남자친구로 진짜 별로였다. 돈이 많은 것도 아니고, 얼굴이 잘생긴 것도 아니고, 키가 훤칠한 것도 아니었다. 그러면 말이라도 다정해야 하는데 거침없이 속에 있는 말을 다 했다. 아무리 사귀는 사이가 아니라 해도 아주머니가 어쩌다 우리 시아버지와 친구가 되었는지, 게다가 아주 가끔 와서 하루 이틀씩 머물다 간다는데 애인 사이가 아니라니 그것도 신기했다.

태백산맥을 사이에 두고 시아버지는 서쪽에, 아주머니는 동쪽에 살아서 대중교통으로 만나기는 쉽지 않았다. 하루에 몇 번 없는 버스를 기다리고 갈아타려면 아침 첫차를 타고 출발해도 늦은 오후라야 만날 수 있었다. 나는 서로 만나기도 힘들고 외로울 텐데 친구 말고 애인 하면 좋을 것 같았다. 아주머니에게 "적적하실 텐데 두 분이 같이 살면 어때요?"라고 용기 내어 물었다. 아주머니는 "니

아버지 뭐 볼 게 있노. 잔소리도 보통이 아니고 약주도 어지간히 먹어야지. 속 편하게 혼자 사는 게 좋지. 안 해!"라며 고개를 절레절레 흔들었다. 시아버지에게도 물었다. 시큰둥한 얼굴로 "뚱뚱해서 여기저기 아픈 데도 많아. 송장 치를 일 있냐. 싫다!"라며 담배를 꺼내 물었다.

시아버지는 들깨 같은 사람이었다. 참깨는 비옥한 땅에서만 기르는데, 들깨는 척박한 땅에서도 잘 자란다. 향이 독특해 멧돼지나 산짐승도 건들지 않는다. 열매는 까맣고, 동그랗게 다듬어 놓은 모래알 같다. 먹어 보면 까끌까끌한 식감에 별맛이 없다. 시아버지는 사람들을 거침없이 대할 때가 많았다. 사람들도 쉽게 다가가지 않았다. 무뚝뚝하고 독특한 시아버지 옆에는 몇 안 되는 이들만 있었다.

아주머니는 김장철마다 시아버지에게 김치를 보냈다. 가끔 시댁에서 시아버지와 어울리지 않는 물건들을 보고 어디서 났냐고 물어보면 아주머니가 보냈다고 했다. 그분은 시아버지의 까끌까끌한 마음을 곱게 볶고 짜내서 은은한 들기름 향이 나도록 해 줬다.

기계로 건조하면 편한데도 시아버지는 꼭 쌀을 햇볕에 말려서 나눠 줬다. 들깨를 짜러 가서도 들기름이 될 때까지 몇 시간이고 지키고 서 있었다. 그렇게 정성스럽게 마련한 한 해의 수확물을 아주머니에게는 직접 전해 주고 싶어 했다. 쌀 한 포대, 들기름 한 병, 흰 봉투를 무뚝뚝함으로 포장해 아무렇지 않게 건넸다. 아주머니가 부담스러워서 안 받는다고 하면, 시아버지는 진짜 화난 사람처럼 "내가 맨날 줘? 빙시같이 주는 것도 안 받고 뭐 해!"라며 노발대발했다. 그러면 아주머니는 줄 것도 없다며 어정쩡한 자세로 어쩔 줄 몰라 하다가 이내 "내가 밥 못 먹을까 봐!"라며 받아쳤다. 큰 싸움이 나는 건 아닌지 처음 몇 해는 조마조마하게 바라봤다. 몇 해가 지나서야 두 분의 까칠해 보이는 대화가 실은 서로 더 주고 싶은 마음이었다는 것을 알았다. 서로 하고 싶은 말을 실컷 하게 자리를 비켜 줘야 하나 싶기도 했다. 하지만 시아버지는 아주머니가 내주는 소주 한 컵을 금세 비우고는 "어여 가자!"라며 곧 자리에서 일어섰다.

시아버지의 부고를 아주머니에게 전했다. 작은 한숨을 토해 내고는 담담하게 장례식장이 어디냐고 물었다. 수원이라고 하자 혼자서 그 멀리까지는 못 간다며 미안하다고 했다. 조의금도 당장은 부칠 수 없다며 난처해했다.

아주머니는 시아버지가 다니던 절에도 알려야겠다고 하고는 한동안 말이 없었다. 아무 소리도 들리지 않았다. 친구를 잃고도 소리 내어 울지 못하는 아주머니를 전화기 너머로 가서 안아 주고 싶었다. 조의금은 그동안 해 주신 게 많아서 안 받고 싶다고 하니 서운함을 내비쳤다. 그러면 이번 여름휴가에 시아버지가 다녔던 절에 함께 가자고 부탁했다.

시아버지가 돌아가시고 꽃도 지고 한동안 비가 많이 내렸다. 인제는 아침부터 후끈한 기운이 느껴진다. 옷을 사 놓고 아주머니에게 전화를 걸었다. 다음 주가 휴가라 찾아가려고 하는데 드시고 싶은 게 있냐고 물으니 없다고만 했다. 화상통화를 하진 않았지만, 손사래 치는 모습이 그려졌다. 말해 달라는 나의 끈질긴 물음에 "참외 몇 알만 사다 줘."라는 대답을 받아 냈다. 시아버지를 대신해 고운 옷이랑 참외도, 또 평소 아주머니가 돈이 아까워서 못 사 먹을 것들을 사다 드렸다. 시아버지가 있었으면 고맙다는 말 대신 "쓸데없이 왜 사 왔냐."라고 소리쳤겠지만, 나도 아주머니도 수줍어만 했다. 처음으로 오랫동안 함께 걸었고, 같은 사람을 생각하며 기도를 드렸다. 아주머니의 등을 가만히 보았다. 자주 볼 수는 없어도 서로가 서로에게 기대어 살아왔을 것이다. 남아 있는 아주머니가 너무 힘겨워하지 않기를 속으로 빌었다.

헤어지고 차에 올라타는데 아주머니가 차 안으로 봉투를 던지고는 도망치듯 가 버렸다. 봉투를 다시 돌려주려고 했지만 극구 받지 않았다. 아주머니가 오랫동안 아껴 모은 돈인 것을 알고 있었다. 그 봉투를 쥐고 있자니 울 것 같은 이상한 마음이 들었다.

우리는 시아버지 땅에서 나온 귀한 음식을 함께 먹고 나누는 사이였다. 항상 아주머니를 만나러 가는 길에는 시아버지가 조수석에 앉았었다. 이번에는 내가 그 자리에서 밖을 보았다. 가까이에 있는 나무들이 휙휙 지나갔다. 더 멀리 있는 큰 산은 가만히 나를 보는 것만 같았다.

비키니 자신감

"길이는 허벅지까지 내려오고, 등이 많이 가려지는 강습용 수영복 없을까요?" 최대한 내 몸을 가려 줄 수영복을 사려고 한참을 돌아다니다 물었다. 문득 20대에 비키니를 공들여 고르던 내가 생각나 웃음이 픽 새어 나왔다.

'아, 이거 내가 입을 수 있을까?' '사 놓고 한 번이라도 입을 수 있을까?' '이 옷을 입고 누구를 만날 수 있을까?' '이 옷을 입으려면 어디로 가야 할까?' 한참을 망설이며 고른 비키니는 내게 많은 물음표와 두려움을 던졌다. 그럼에도 스물다섯 살의 나는 꼭 한 번은 비키니를 입어 보고 싶었다. 지금 못 입는다면 평생 못 입을지 모른다는 생각에 큰 값을 치르고 사 왔다. 막상 집에 와서 문고리를 걸어 잠그고 갈아입어 보니 나조차 어디에 눈을 둬야 할지 몰랐다. 비키니만 입는 것이 쑥스러워 랩스커트까지 입었는데도 자신이 없었다. '평소 두꺼운 다리를 내놓고 다니는 것도 싫어하는데 무슨 용기로 이걸 샀나?'라는 후회가 또다시 밀려왔다.

'환불할까?'라고 고민하고 있을 때, 친한 동네 언니에게 전화가 왔다. 이런저런 이야기를 하다가 "언니 저 비키니 샀어요. 입어 보고 싶은데 누구랑 어디를 가야 할지 모르겠어요. 내 인생에 꼭 한 번은 입어 보고 싶어요."라고 고백했다. 언니는 푸하하 웃더니 "뭘 그런

걸로 고민하고 그래. 내가 애들 모을게. 이번 주말에 캐리비안베이 가자."라고 했다. 장소와 날짜까지 바로 정해졌다. 소풍 가는 날이 정해진 것같이 설렜다. 저녁밥도 조금만 먹으며, 그날만을 기다렸다.

텔레비전 광고에서만 보던 곳에 도착해 그렇게 입어 보고 싶었던 비키니를 입었는데 도저히 밖으로 나갈 용기가 나지 않았다. 다행스럽게 파도풀을 이용하려면 구명조끼를 입어야 한다고 했다. 안도의 한숨을 쉬며 조끼를 단단하게 여미고, 랩스커트를 최대한 내려 입었다. 모가지를 쭉 빼고 엉거주춤 서서 둘러보았다. 바다 한 조각을 두부 한 모처럼 잘라 수영장에 담아 놓은 것 같았다. 인공 파도풀은 코앞에서 봐도 신기해서 한참을 넋 놓고 바라봤다. 파도 거인에 매달려 어른, 아이 할 것 없이 환호성을 지르고 있었다. 함께 간 언니의 손에 이끌려 나도 풀장으로 들어갔다. 언니와 친구들은 신이 났다. 나는 구명조끼도 입었지만, 비키니 수영복이 속옷만 입은 것처럼 불편했다. 다리가 바닥에 안 닿을 때마다 더럭 겁이 났고, 그때마다 일행들과 멀어졌다.

시간이 지나 나도 파도에 매달렸다. 차츰 두려움보다 신이 났다. 익숙해지고 얼마 지나지 않아 인공 파도풀은 파도 형태를 바꿨다. 한쪽에서만 오던 파도가 앞뒤로 철썩였다. 나는 그 박자에 맞추어 물을 먹고 또 먹었다. 함께 갔던 이들이 어디에 있는지도 모른 채 정신이 아득해져 갔다. 그 상황에서도 나는 생사를 오간다는 생각은 하지 않았다. 꼭 점점 뜨거워지는 냄비 속에 있는 개구리처럼 곧 큰일이 난다는 것도 모르는 나였다. 살려 달라고 말도 못 했다. 다행히 구조대원이 허우적거리는 나를 발견했다. 내 머리채를 잡고 나를 물 밖으로 끌어냈다. 나는 수많은 사람에게 둘러싸였다. 나는 금세 멀쩡해졌다. 혹시 구명조끼라도 벗겨질까 무서워서 재빨리 몸을 일으키며 괜찮다고 했다. 함께 갔던 언니와 일행들은 사건이 수습될 무렵 나타났다. 다들 이게 무슨 일이냐며 놀랐는데, 이날의 해프닝은 결국 나를 수영 강습에 등록시키는 것으로 마무리되었다.

월, 수, 금 저녁 8시 초급반은 30, 40대 직장인들이 주를 이뤘다. 20대였던 내가 제일 막내였지만, 체력도 운동신경도 제일 좋지 않았다. 매일 뒤에서 허덕허덕 따라갔다. 수영 강사는 그때마다 내 이름을 크게 부르며 킥판을 힘껏 내리쳤다. 같은 시간에 수업을 듣는 상급반 사람들은 물론이고, 높은 수영장 천장에 매달린 수많은 작은 물방울까지 내 이름을 알아 버렸다.

나는 느리고 더뎠지만, 일 년 정도를 쉬지 않고 다녔더니 상급반이 되었다. 모든 영법을 배웠더니 내가 꽤 수영을 잘하게 된 것 같았다. 더 이상 수영을 안 배워도 스스로 내 한 몸은 구할 수 있을 것 같은 자신감을 어깨에 접어 넣고 다녔다. 이제 수영을 할 수 있으니, 바다 수영도 충분히 할 수 있을 줄 알았다. 그런데 다행인지 불행인지 바다 수영을 할 기회는 좀처럼 찾아오지 않았다.

나의 첫 바다 수영은 신혼여행지에서였다. 가이드가 추천하는 모든 활동을 다 신청했다. 그중에는 얕은 바다에서 가볍게 하는 스노클링과 산소통을 메고 깊은 바닷속 산호초밭에 들어가는 것 중에서 하나를 선택하는 프로그램도 있었다. 어깨에 접어 두었던 자신감을 펼칠 기회라며 당연히 깊은 바다에 체크했다. 남편은 수영을 배워 본 적 없지만 돌을 안고 강을 건널 수도 있다고 했다. 나는 모든 영법을 다 할 줄 안다며 들떠 있었다.

멀리서 본 보라카이의 바다는 에메랄드빛이었다. 잠수복을 입고 바라본 바다는 달라져 있었다. '에드워드 호퍼'의 그림인 〈세일링(Sailing)〉에서 본 시퍼렇고 검은빛으로 얼굴색을 바꾸었다. 안전교육을 다 받고, 남편에게 솔직히 무서워서 들어가기 싫다고 말했다. 남편은 가이드도 함께 들어가고, 목숨 걸고 구해 줄 테니 걱정하지 말라고 했다. 겨우겨우 물속으로 들어갔다. 수심이 깊은 바닷속에 들어가 빛깔이 선명한 물고기와 산호초를 봤지만, 아름답다는 생각보다는 무섭고 가슴이 답답했다. 나는 엄지손가락을 위로 들어 올리며 계속 올라가고 싶다고 외쳤다. 결국 수영을 배워 본 적 없는 남편이 돌 대신 나를 물 밖으로 데려다줬다.

그 뒤로 나는 다시 수영할 줄 모르는 사람으로 20년 정도 살았다. 인어가 아니어서 수영을 못해도 큰 불편이 없었다. 다시 안 해도 될 줄 알았다. 그런데 무릎관절을 다치고, 의사 선생님들이 추천하는 운동이 모두 수영이었다.

화, 목 저녁 8시 수영 초급반에 등록했다. 첫 수업 시간에 강사는 수영을 배워 본 적 있느냐고 물어봤다. 20년 만에 다시 강습받으러 왔다고 하니 처음부터 시작하자고 했다. 가끔 코로 물도 마시지만, '음파음파' 숨쉬기 동작도 두렵지 않다. 킥판을 잡고 힘차게 발을 차며 앞으로 나아간다. 해 봤던 적이 있다고, 다음 영법을 못 할까 겁내지 않는다. 내 이름을 크게 부르는 선생님도 없다. 앞서 다니고 있는 아주머니들에게 체력 좋다는 칭찬도 듣는다. 미련 없이 고른 해녀복 같은 수영복에 자신감을 돌돌 말아 넣고 있다.

20대의 내가 민망함을 무릅쓰고 해 보고 싶었던 것을 해 줘서 고맙다. 지금 나는 어떤 허튼짓을 해 볼지 고민한다. 80대의 나에게도 어떤 특별한 여유를 주고 싶다.

유서 찾기

시아버지가 사망한 병원에서 전해 준 것은 환자 번호가 붙어 있는 비닐봉지였다. 안에는 허리띠, 핸드폰, 시계가 있었다. 유품이라고 하기에는 낡고, 닳은 물건들이었다. 허리띠는 버리고, 오래된 은색 손목시계는 내 서랍장에 넣어 두었다. 낡은 폴더폰은 오랫동안 방전돼서 켜지지도 않았다. 우리 집에 있는 충전기와는 핀이 맞지 않았다. 켜지지도 않는 폴더폰이었지만, 다시 전화벨 소리가 울렸으면 해서 한동안 해지하지 않았다. 시댁에 갔을 때 전원을 켜 보고 싶어 지퍼백에 넣어 두었다.

장례를 치르고 한 달 만에 시댁에 갔다. 마당과 밭에는 주인이 없다는 걸 아는지 농작물보다 풀이 훨씬 더 많이 자라 있었다. 아침 5시 반에 일어나 시아버지가 하던 대로 목에는 수건을 두르고, 허름한 옷을 주워 입고 밭으로 나갔다.

풀들은 신이 나 있었다. 고랑에도 밭작물이 늘어서 있는 줄에도 마음대로 자랐다. 이마에 땀이 뚝뚝 떨어질 때까지 풀을 뽑았다. 아무 말 없이 두 시간 넘게 풀을 뽑고 나니 팔다리는 아픈데 시원한 마음이 들었다. 냉장고를 열어 좋아하지도 않는 맥주 한 캔을 빈속에 벌컥벌컥 마셨다. 시아버지를 별로 안 좋아했다. 맨날 밥보다 술만 많이 마시고, 담배도 많이 피우고, 내 말도 잘 안 듣는 고집불

통이었다.

시아버지가 맨날 앉던 자리에 나도 따라 쪼그리고 앉아 텅 빈 집 안을 훑어보았다. 짝이 맞지 않는 가구들도 힘없이 웅크리고 있는 듯했다. 낡은 소파 사이로 충전기 선이 보였다. 궁금했던 폴더폰을 비닐에서 꺼내 연결했다.

충전이 다 된 핸드폰 전원을 켜고 시아버지의 통화 내역을 살펴봤다. 하루에 두세 통 전화가 왔다. 이장님과 마을 어르신 몇 분이 자주 눈에 띄었다. 면사무소에서 시아버지에게 배치한 사회복지사가 일주일에 두 번, 그리고 일이 주에 한 번쯤 '며느리 한진희'가 있었다. 통화 내역은 시아버지가 어떤 시간을 보냈었는지 고스란히 이야기해 주었다. 통화 목록에 드문드문 적혀 있는 내 이름. 성까지 붙어 있는 '한진희'라는 이름도 그 앞에 붙은 '며느리'라는 말도 낯설었다.

가족과의 통화는 나 말고는 별로 없었다. 남편은 내가 눈을 흘기며 아버님께 전화 한 통 넣으라고 해도 거의 하지 않았다. 시아버지는 속상한 이야기를 큰아들인 남편에게 주로 했다. 혼자 살던 시아버지는 위로받고 싶었지만, 큰아들도 작은아들도 받아 줄 여유가 없었다. 통화할 때마다 서로 작은 생채기만 남겼다. 결국 안부 전화는 내 몫이 되었다. 나는 의무감을 느끼고 억지로 전화한 적이 대부분이었다. 통화 내용도 매뉴얼로 정해 놓은 듯 싱겁기만 했다. 시아버지가 혹여나 서운한 이야기를 하려고 하면, 나는 서둘러 전화를 끊었다.

시아버지가 떠나고서야 간절하게 흔적을 따라가 본다. 텔레비전 옆, 베개 밑, 식탁 유리 아래, 서랍 속 등 집 안 구석구석에서 시아버지가 꽁꽁 힘주어 적어 둔 쪽지가 나왔다. 모두 우리 집 주소다. 우리 신혼집부터 이사 다녔던 주소들이 다 나왔다.

전에 살던 집은 한 번씩은 왔다 갔었다. 지금 사는 집은 돌아다니는 것도 힘에 부친다며 오지 않았다. 여러 번 모시러 간다고 했지만 극구 싫다고 했다. 코로나19 국면이기도 해서 많이 매달리지 않았다. 이사하고 새집 주소를 적어 드릴 생각도 못 했다.

시아버지가 급하게 전화로 주소를 불러 달라고 한 적이 있었다. 도로명 주소는 못 미더워했다. 나는 아파트 이름에 영어가 많아서 목청을 더 높였다. 귀도, 글도 어두운 시아버지는 마을 친구분을 데려와 수화기를 바꿔 가며 겨우겨우 받아 적었다.

"푸르지오자이 아파트 ○○○동 ○○○호."

"뭐라구? 안 들려! 다시 크게!"

"푸르다 할 때 푸르, 지우개 할 때 지, 오리 할 때 오, 그래서 '푸르지오'. 뒤에는 자석 할 때 자, 이빨 할 때 이! 이어서 불러 볼게요. 푸, 르, 지, 오, 자, 이, 아파트…."

주소를 적는 데 10분 이상 걸렸다. 다행히 받아쓰기하듯 적어 낸 주소로 신선한 두릅나물도, 더덕도, 옥수수도 잘 배달되었다.

우리 집 주소를 삐뚤지만 꼼꼼하게 적어 둔 쪽지가 내게는 유서로 보였다. '시아버지가 무엇을 아끼고 보듬고 싶었는지 이제야 보이는 게 말이 돼?'라고 스스로 따져 보았다. 할 말이 없었다.

나는 시아버지와의 관계에서 선을 긋고 내가 정해 놓은 규칙 안에서만 대하려고 했다. 전화는 한 달에 두세 번, 간식은 한 달에 한 번 택배로 보내 드렸다. 통화할 때도 다정한 말은 하지 않았다. 그럼에도 시아버지는 무슨 일이든 나를 제일 먼저 찾았다.

시아버지가 갑자기 뇌출혈로 쓰러져 119에 실려 갈 때 구급대원이 전화를 했었다. 구급대원이 시아버지 전화기에서 나를 찾은 것은 어려운 일이 아니었을 것이다. "박만묵 님 며느님 되시죠? 아버님께서 쓰러지셔서 병원으로 이송 중입니다." 다행히 시아버지에게 의식이 있다며 바꿔줬다. 시아버지의 목소리는 구급차 안이어도 씩씩했다. "진희야 나 병원 가고 있다."

그날 구급차를 타고 가며 내게 전화했던 것이 마지막 통화였다. 다시 집에 데려다주기로 한 약속은 지키지 못했다.

우리 집 주소가 삐뚤게 적힌 쪽지를 찬찬히 다시 짚어 본다. 한 글자, 한 글자 그리운 얼굴처럼 다정하다.

아무도 모르게 자란

탁자만 덩그러니 놓여 있는 작은 집 안에 나 혼자였다. 창문으로 다가가 밖을 둘러보았다. 옅은 회색을 풀어 놓은 안개가 신비하게 퍼져 있었다. 자세히 보니 안개 안에는 파랗고 커다란 호수가 보였다. 나가려고 하는데 어쩐지 낯설고 두려웠다. 밖에 무엇이 있을지 궁금해 문에 귀를 바짝 대어 보았다. 문 반대편에서 박박 긁는 소리가 둔탁하게 들렸다. 문이 단단하게 잠겨 있는지 확인한 뒤 창문 유리에 얼굴을 바싹 붙이고 문 주변을 톺아보았다.

천진한 얼굴의 새끼 사자 한 마리가 양발을 번갈아 가며 마구 문을 긁고 있었다. 귀여운 사자였지만, 내게 달려들까 두려웠다. 창문을 사이에 두고 사자와 눈이 마주쳤다. 재빨리 험악한 표정을 짓고 팔을 내저으며 가라고 소리쳤다. 한참을 실랑이하다 지쳐 사자가 가기만을 기다렸다. 인기척이 없는 것 같아 창밖을 다시 확인하고, 조심스럽게 문을 열었다. 어느새 새끼 사자가 나타나 내게 와락 안겼다. 나는 놀라 꿈에서 깼다.

둘째의 존재를 알았을 때 이 세상에 많고 많은 엄마가 있는데 왜 나에게 왔냐며 눈물을 흘렸다. 혼자서도 바로 서기 힘들어서 둘째는 생각도 못 했었다. 새 생명을 축복하기는커녕 무거운 책임감과 걱정에 임신을 풀어야 할 숙제로 보았다.

그 당시 남편이 다니던 회사는 부도가 났다. 월급은 몇 달 동안 받지 못했다. 아무리 아껴도 통장 잔액은 늘 마이너스였다. 나는 물에 빠져 허우적거리는 사람 같았다.

어릴 때부터 큰언니처럼 지내는 고모가 첫째를 흔쾌히 돌봐 준다고 해서 일을 다시 시작할 수 있었다. 돌봄비용을 많이 드리지 못했지만, 고모는 엄마처럼 아이를 대해 주었다. 둘째 임신 소식을 고모에게 말하는데 미안한 마음에 얼굴도 제대로 보기 힘들었다. 고모는 아무렇지도 않게 "한 명도 봤는데 왜 둘을 못 보겠어."라며 둘째까지 봐줄 수 있으니 걱정하지 말고 아이를 낳으라고 했다. 내게는 그 말이 하늘에서 내려온 동아줄 같았다.

출산이 임박하자 나는 고위험 산모로 분류되었다. 전치태반이라 언제든 심각한 출혈이 있을 수 있으니 늘 조심해야 했다. 36주까지 일을 했는데도 아무렇지 않았다. 출산 예정일까지는 4주가 남았었다. 마지막 산전검사를 하러 병원에 갔다. 검사실 선생님의 실수로 자궁 혈관이 터졌다. 일어서기는커녕 살짝 움직이기만 해도 자궁에서 피가 쏟아졌다. 출산 준비도 못 한 채 고위험 산모로 긴급하게 입원했다.

의사 선생님은 산모가 너무 고통스럽고 위험하다며 수술을 권했다. 나는 둘째를 미숙아로 낳기 싫었다. 바로 낳으면 12월생인데, 둘째에게 태어나고 며칠 만에 한 살 더 먹게 하고 싶지 않았다. 힘들어도 최대한 둘째를 뱃속에 더 데리고 있고 싶었다. 그러나 이틀

만에 내 상태가 나빠져서 결국 응급수술을 할 수밖에 없었다.

마취에서 깨자마자 신생아실로 올라갔다. 누워 있는 둘째를 와락 안아 주었다. 조그맣고 빨간 아기는 눈을 꽉 감고 있었지만, '오' 하고 벌린 입은 나를 만나 감탄하는 것같이 보였다. 그동안의 미안함이 툭 터져 나왔다.

내가 두 아이 엄마가 된 것이 신기했다. 아이들은 예쁘지만 고단했다. 한 명도 겨우 키우다가 둘을 돌보려니 정신을 차릴 수 없었다. 나는 하고 싶은 것도 많고, 잠이 부족했다. 특히 둘째는 밤에 자다가도 내가 옆에 없으면 시도 때도 없이 울었다. 낮에는 고모할머니 품에 잘 있었지만, 내가 퇴근해서 오면 내 옷 목덜미를 잡고 놓아주질 않았다. 화장실 갈 때 빼고는 우리는 캥거루처럼 붙어 있었다.

첫째는 엄마를 빼앗겨 버린 것 같아 울고, 말 못 하는 둘째는 따라 울었다. 울음은 돌림 노래가 되었다. 그 울음들을 토닥여 주고 싶었지만, 셋이 울던 밤이 많았다.

남편에게라도 하소연하고 싶었지만, 얼굴 보기도 힘들었다. 이직한 회사에서 어린 상사들 눈치를 보며 일을 배우느라고 늘 야근이었다. 쉬는 날도 없이 겨우 눈만 붙이고 새벽같이 출근했다. 남편에게 차마 도와 달라고 말도 못 하고 원망만 했다.

나는 평일에 출근하는 것이 오히려 덜 힘들었다. 아이들하고 셋이 하루 종일 집에만 있어야 하는 주말이 특히 싫었다. 혼자 어린

두 아이를 데리고 할 수 있는 것도, 갈 곳도 많지 않았다. 이런 생활이 끝나지 않을까 두려웠다.

결혼도 아이를 낳아 키우는 것도 내 선택이었지만, 나는 한 다리만 걸치고는 비겁하게 도망가고 싶어 했다. 그때마다 아이들은 내 옷자락을 잡고 놓아주지 않았다. 둘째의 태몽처럼 혼자만의 집에 숨어 있는 나를 찾아온 이유가 꼭 있다는 생각이 이제야 든다.

동네 아기 엄마들을 따라 생협에도 가입하고 '어린이도서연구회' 활동을 하면서 내가 다니는 동선도 커졌다. '세월호참사 어머니 간담회'에도 참석해 보고, 유아차를 끌고 미국산 쇠고기 반대 집회에도 따라갔었다. 나와는 무관하다고 생각했던 일들이 긴밀하게 연결되어 있음을 알게 되었다. 내가 살고 있는 집 밖이 위험하고 거짓이라면 결코 내가 살고 있는 집도 안전할 수 없다는 것을 엄마가 돼서야 알았다.

나를 세상 밖으로 꺼내 준 아기들은 자라 청소년이 되었다. 사춘기의 방으로 들어가 나를 잘 찾지 않는다. 인제는 내가 문밖에서 아이들이 나와 주기를 기다린다. 조금만 더 내 옆에서 아기 사자로 남아 있었으면 좋겠다는 말도 안 되는 생각을 이제야 한다.

부서질 것같이 나약했던 내가 아기 사자들 덕에 누군가를 돌보고 품을 줄도 알게 되었다. 뒤돌아보니 희생했다고 여겼던 그 시간이 나를 자라게 했다.

좋아했나 봐

"엄마, 203호 아줌마한테 인터폰 왔어. 어른 계시냐고 물어보고, 언제 오냐고 했어. 만나고 싶대. 언제 와?" 한 번도 본 적 없지만 누군가가 나를 만나고 싶어 한다고 하니 괜히 설렜다.

203호에는 중년 부부가 어머니를 모시고 살았었다. 할머니는 매일 오전 11시나 오후 3시쯤 걸음마 보조기를 잡고 집을 나섰다. 요양보호사 아주머니가 할머니 뒤를 따랐다. 할머니와 요양보호사가 함께 걷는 모습이 흡사 대비마마와 궁인같이 보였다. 설거지하면서 주방 창문으로 산책하는 할머니 모습을 종종 보았다. 비 오는 날 빼고는 눈이 오나, 바람이 부나 산책을 거르는 법이 없었다. 꽃무늬 바지를 입고 조그만 얼굴에 모자를 꾹 눌러쓰고 발밤발밤한 모습이 좋았다. 할머니는 쪼글쪼글 잘 마른 붉은 대추 같았다. 날씨가 궂은 날에는 '눈 오는데 나오지 마시지. 미끄러울 텐데.'라는 혼잣말이 저절로 나왔다. 내 염려와는 상관없이 할머니는 매일같이 산책을 즐겼다. 내 눈에는 산책으로 보였지만 할머니에게는 운동이었을 것이다.

나 살기도 바빠서 이웃에게 신경 쓸 겨를이 없었다. 신혼집은 도배와 장판을 새로 하고, 새 물건들을 넣어 두었는데도 낡고 바래 보였다. 집도 싫었고 남편과 사이도 좋지 않았다. 바쁜 일상으로 집에 있을 시간도 없었고, 집에 있는 것도 좋아하지 않았다.

두 번째 집에서는 육 년 정도 살았다. 두 아이를 낳고 키우며 일도 하려니 숨이 찼다. 인생에서 진한 고단함을 맛봤던 시기였다. 옆집과는 한 번도 마주친 적이 없었다. 옆집은 인기척도 별로 없고 조용했다. 가끔 늦은 밤 술에 취한 누군가가 들어가는 소리가 들렸지만, 이내 사라졌다. 두 아이가 좀 자라고 나서는 아이들이 마음껏 뛸 수 있도록 도시 외곽의 아파트 일 층으로 이사했다. 옆집은 필로티 공간이라 이웃이 없었다. 꼭 앞니가 하나 빠진 것처럼 조금 허전했다.

지금 살고 있는 집은 네 번째 집이다. 옆집은 넉 달쯤 비어 있어 누가 올지 한동안 궁금했었다. 그러다 벚꽃이 만개했던 어느 날부터 휑하던 203호 문 앞이 복잡해졌다. 휠체어와 자전거가 세워져 있었다.

나는 시댁에서 보내 준 옥수수, 감자 같은 농산물을 조금씩 나눠 주었다. 가끔 떡이나 약과를 사다 주기도 했다. 그러면 옆집에서는 바나나나 김처럼 부드러운 음식을 가져다주었다. 가끔 구급차가 일 층 현관 앞에 대기해 있으면, 203호 할머니가 혹시나 실려 가는 것은 아닌지 걱정되었다.

출근하는 남편을 현관에서 배웅하는데, 열린 현관문 사이로 커다란 물건이 보였다. 놀라기도 하고 궁금해서 나가 보았다. 203호 내부부터 엘리베이터 앞까지 카펫이 깔려 있고, 높다랗게 쌓인 짐과 커다란 이사 바구니가 보였다. 물건들이 왜 밖으로 나와 있는지 단번에 알 수 있었다. 그런데도 짐을 나르는 아저씨에게 "옆집 이사 가나요?"라고 물었다. 아저씨는 보고도 모르냐며 퉁명스럽게 대답했다. 나도 모르게 무안해서 몸이 움츠러들었다. 거북이가 등딱지 안으로 얼굴을 쏙 집어넣듯 재빨리 집 안으로 들어왔다. 갑자기 서운함이 확 몰려왔다.

'너무한 거 아냐.' 지난주 할머니에게 알밤 한 봉지를 건네주었을 때도 별말이 없었다. '얘기 좀 해 주지, 왜 말도 안 하고 가는 거야.' 며칠 동안 말끔해진 203호 현관 앞을 볼 때마다 배신감이 들었다. 그게 뭐 배신감까지 들 일이냐고 물어보면 할 말은 없다. 나만 애정하는 작은 것을 잃어버려서 하소연할 데가 없는 사람처럼 그저 답답하고 허전했다.

203호 할머니가 어떤 사람인지 모른다. 어떻게 사셨는지는 물론이고 할머니의 이름도, 나이도, 전화번호도 아무것도 아는 것이 없다. 매일 산책하는 모습, 그게 내가 아는 전부였다. 그 모습이 좋았다. 꾸준히 애쓰는 모습을 응원했다. 맛있는 게 생기면 나누고 싶었고, 날씨가 춥거나 더우면 걱정되었다. 어떤 마음은 알아주었으면 좋겠다 싶었고, 또 어떤 마음은 알아주지 않아서 좋기도 했다. 여태 나는 나와 우리 가족, 나와 관련된 사람들밖에 몰랐다. 203호는 그런 내가 마음을 준 첫 번째 이웃이었다.

퇴근길에 꽃집 앞을 두리번거렸다. 한 번도 본 적이 없는 사람을 위해 꽃을 고르기는 처음이었다. 화려하지 않고 소박하면서도 밝은 꽃이 뭐가 있을까? 한참을 고심하다 들꽃같이 생긴 '마트리카리아'라는 작은 꽃 한 다발을 샀다. 꽃말은 '한자리에 모인 기쁨'이란다. 꽃을 전해 줄 이와 한자리에 모일 일이 있을까? 마주칠 일도 별로 없겠지만, 한 지붕 아래 사는 것은 특별한 인연이라는 생각이 들었다. 이런저런 생각을 하다 보니 벌써 집 앞이었다.

왼쪽으로 가던 발걸음을 오른쪽으로 돌려 203호 현관 앞에 섰다. 목소리를 가다듬고, 손가락빗을 꺼내 머리를 쓸어내렸다. 벨을 누르고 설레는 마음으로 기다렸다. 인상 좋은 중년 아주머니가 미소 지으며 나왔다.

"안녕하세요. 204호에 사는 사람이에요. 낮에 아이가 옆집에서 연락이 왔다고 해서 인사드리러 왔어요."라는 말과 함께 꽃다발을 내밀었다. 203호 아주머니는 수줍게 꽃다발을 받고는 잠깐만 기다리라고 했다. 그러고는 빵 봉지를 건넸다. 우물쭈물하고 있는데 "전에 사시던 분이 옆집 좋은 분이라고 이야기해 줬어요. 만나서 반가워요." 아주머니는 여태 마음이 쓰였던 할머니 이야기를 전해 주었다. '치이.' 그래도 서운한 마음이 아주 조금은 남았다. 할머니를 생각했던 마음을 돌려받으려 했던 것은 아니라고 했지만, 알아봐 주길 기대했던 것 같다.

퇴근길에 보니 아파트 현관 입구에 낯선 종이가 붙어 있었다. "텃밭에서 상추 농사를 지었어요. 필요한 분 갖고 가세요."라고 매직으로 쓴 글 아래 상추가 담긴 봉지가 여러 개 놓여 있었다. 상추 봉지가 나를 마중하는 것 같았다. 아무도 없는데도 쭈뼛쭈뼛 쑥스러워하며 한 봉지를 들었다. 들릴 듯 말 듯 작은 소리로 "고마워요. 잘 먹겠습니다."라는 말을 남겨 두었다. 상추 봉지를 들고 계단을 한 걸음씩 오르며, 삐뚜름했던 마음을 다시 제자리에 옮겨 놓았다. 203호 할머니의 안부가 궁금하다.

한진희

작가 노트

글쓰기는 내가 가고 싶은 곳으로 데려다줄 것 같았다. 운 좋게 집에서 가까운 동네 책방에서 열린 글쓰기 교실에 참여했다. 호기롭게 시작했지만 띄어쓰기, 맞춤법조차 틀려 양팔로 원고를 가리고 얼굴을 붉힐 때가 많았다. 창피했지만 이미 글쓰기를 좋아하게 돼서 도망갈 수 없었다.

나는 속상하거나 답답한 마음이 들 때 목욕탕에 간다. 글쓰기도 목욕하는 과정과 닮았다. 맨몸으로 자신을 솔직하게 마주해야 한다. 온탕 안에서 찬찬히 나를 돌아본다. 어떤 이야기를 쓸지 깊이 생각한다. 쓰고 싶은 이야기가 퉁퉁 불었으면 구석구석 때를 밀 듯 찬찬히 써 내려간다. 다른 사람이 내 등을 밀어 주는 일은 합평 같다. 혼자 애를 써 보지만 제대로 닦기 힘든 곳이 있다. 퇴고는 마무리 샤워처럼 온몸을 구석구석 비누칠해서 다시 닦고, 여러 번 헹

귀 내야 한다. 한 편의 글을 다 쓰고 나면 목욕탕에 다녀온 것처럼 시원하고 개운하다. 그동안 아무렇게나 덮어 놓았던 감정들을 정성껏 닦고 씻어 주니 속상하고 화났던 마음들이 말간 얼굴로 나를 바라본다.

상쾌한 기분으로 길을 나선다. 만날 보던 하늘, 만날 보던 길이 새롭다. 평소 관심도 없던 나무 주변에 난 수풀도 눈에 들어온다. 언제 작은 풀들이 나왔는지. 어디선가 갑자기 불어온 바람의 이야기도 들린다.

글을 쓰면서 나를 둘러싼 세상이 저마다 고유하고 아름답다는 것을 알았다. 모쪼록 나의 글이 내 자리에 잘 도착할 수 있도록 계속 쓸 수 있는 사람이 되고 싶다.

'디올'은 없지만, 내가 명품.

도도한 깍쟁이같이 생겼지만,

사실은 유리 가슴

최다올

내향형 방구석 집순이.

하지만 친한 사람에게는 톡톡 터지는 슈팅스타 맛.

뜨개질처럼 손으로 사부작거리는 일을 좋아한다.

강아지를 입양한 후 성실한 산책자로 살고 있다.

글 쓰는 일로 덕업일치를 이루는 것이 인생 최고 목표다.

인스타그램 @newday0813

단지, 구름

어릴 때부터 강아지를 좋아했다. 초등학교 저학년 때 '단지'라는 이름의 흰색 발바리를 잠깐 키웠었다. 어느 날 학교에서 돌아오니 집은 텅 비어 있었다. 그리고 어느 때부터인가 단지는 아랫동네 집 마당에 묶여 살았다. 나는 그 이유를 굳이 엄마에게 물어보지 않았다. 그날 밤 눈물이 그렁그렁해진 채로 말없이 저녁밥을 먹었다. 부모님은 아침 일찍 출근하셔야 했고, 무엇보다 당시 우리 집은 세 들어 사는 형편이었다. 엄마는 강아지를 좋아하는 우리에게 잠깐 보여 주려고 단지를 데려왔을지도 모른다. 그게 하루가 되고 일주일이 되어 정말 보내 줘야 할 때가 온 것뿐이었다.

그 집은 학교 가는 길목에 있었다. 골목을 돌기 전 '오늘은 저 파란색 철문이 조금이라도 열려 있기를….' 하고 속으로 바랐다. 운이 좋으면 조금 열린 문틈으로 단지를 볼 수 있었다. 문이 닫힌 걸 알면서도 아쉬운 마음에 철문을 한번 쓱 밀어 보기도 하고 어느 날은 바닥에 엎드려 문 밑으로 손 인사를 하고 가기도 했다. 슈퍼로 심부름을 가는 길에도 그 집 마당에서 무슨 소리라도 들릴까 싶어 녹이 슨 차가운 대문에 볼을 바짝 붙이고 있기도 하던 날들. 하지만 대부분 파란 철문은 굳게 잠겨 있는 날이 많았다.

딸은 유치원 시절부터 강아지를 키우자고 했다. 그보다 더 어린 아들은 뭣도 모르고 누나가 하는 말이면 다 좋다고 했다. "너희가 강아지 목욕도 시키고 똥오줌도 치워야 해."라고 겁을 줘도 당연히 내가 하겠다고 서로 목소리를 높였다. 하지만 정말 강아지를 키우고 싶은 건 나였다. '너희가 초등학교 고학년 되면 그때는 꼭.' 다짐하듯 나에게 말했다.

강아지보다 더 강아지 같던 아이들이 어느덧 중학생이 되면서 매운맛 연년생 육아도 보통맛 육아 단계로 하향했다. 아이들 스스로 할 수 있는 일이 많아지면서, 언젠가부터 얌전히 잠자고 있던 단지가 나를 향해 왈! 왈! 하고 자신을 알렸다.

내 마음속에는 늘 단지가 살았다. 생각날 때마다 모습은 달랐던 것 같다. 빼꼼 열린 파란 철문 사이로 조금은 처량한 모습이었다가 또 어떤 날은 우리 집 아랫목에서 같이 이불을 덮고 지긋이 나를 바라보던 모습일 때도 있었다.

단지가 떠오른 후 입양에 조급한 마음이 생겼다. 당장 주위에 강아지를 키우는 사람이 없어 검색창에 '강아지 입양'을 쳐 보았다. 두루마리 화장지가 풀어지듯 순식간에 여러 펫숍이 좌르르 떴다. 그러고 보니 길거리를 지나며 펫숍을 여럿 본 것도 같다. 쇼윈도에 비친 귀엽고 예쁜 강아지 중 어떤 강아지를 골라야 할지 벌써 고민이 됐다.

'작고 귀여운 얼굴에 청소하기 힘드니 털도 안 빠져야 하고….'

라는 생각을 하면서 어느 펫숍이 좋은지 아파트 커뮤니티에 글을 올렸다. 그랬더니 뜻밖에 "유기견 센터에 한번 가 보세요."와 "사지 말고 입양하세요."라는 댓글이 달렸다. 마치 벼르고 벼르던 새 물건을 백화점 가서 사지 말고 중고 시장에서 사라는 말처럼 들려 갑자기 찬물을 맞은 기분이었다.

'유기견 센터?'

찾아보니 지자체별로도 있고, 개인이 운영하는 곳도 있었다. 마침 가까운 화성시에 유기견 센터가 있다고 해서 주말에 남편과 아이들을 데리고 방문해 보았다. 여러 견종이 실내에서 쉬고 있기도 하고, 몇몇은 마당에 나와 산책을 즐기고 있었다. 모든 아이가 실내에서 자고 먹고 생활했다. 매일 견사를 청소하고 관리해야 하는 담당자와 봉사자의 손길은 쉼 없이 바빴지만, 또 그 덕분에 강아지들은 편안하고 깨끗한 환경에서 생활하는 듯 보였다. 한 칸씩 구분된 견사를 보니, 문득 "이 세상에 '실외견'이란 없다."라는 문구가 떠올랐다. 우리나라에서 진돗개 혼혈 강아지들은 마당 지킴이나 밭 지킴이로 1m도 안 되는 짧은 목줄에 묶여 산다. 집과 화장실을 구별하는 진돗개는 집에서 가장 먼 곳, 바깥에서 배변한다. 그래서 산책만 자주 시켜 준다면 실내에서 키우기 가장 좋은 견종이라고 들었다.

센터 이곳저곳을 둘러보며 내 눈에 먼저 들어온 개들은 이름도 낯선 푸들이나 비숑, 웰시코기, 포메라니안이었다. 하나같이 작고 귀여운 모습은 마트 진열대의 인형들 같았다. 그곳에서 나는 마치 물건을 고르듯 강아지를 쇼핑하고 있었다. 견사를 청소하면서 틈틈이 내 질문에 답해 주던 담당자는 단호하고도 솔직하게 말해 주었다. "얘는 털 많이 빠지는 애예요.", "아, 개는 활동성이 많아서 산책 자주 시켜야 해요." 집 안에 털이 날리는 것도 싫고 산책도 자주 시킬 자신이 없던 나는 그런 말을 들을 때마다 마음속에서 한 마리씩 제외했다. 그러다 보니 막상 데려올 강아지가 없었다. 아이들도 현장에서 직접 보니 생각과 달랐던지 조르지 않고 신중해 보였다. 찜찜하고 마음만 무거워져 집에 돌아왔다. 쉽게 그냥 펫숍에서 사고 싶은 생각이 들었지만 "사지 말고 입양하세요."라는 댓글이 자꾸만 머릿속을 맴돌았다.

사는 것과 입양의 차이는 뭘까. 어학사전을 찾아보면 값을 치르고 어떤 물건이나 권리를 자기 것으로 만들 때 '산다'라고 한다. 그리고 법률적으로 친부모와 친자식의 관계를 맺는 것을 '입양'이라고 정의한다. 펫숍에서 몇십만 원부터 몇백만 원의 값을 주고 산 사람들은 그 '물건'의 값을 치렀기 때문에 버리는 것도 당당한 것 같았다. 싫증 난 물건 버리듯 아주 쉽게 말이다. 그렇다면 펫숍 쇼윈도에 칸칸이 진열된 강아지들은 대체 어디서 데려오는 걸까.

"사지 말고 입양하세요." 해시태그를 따라가니 비위생적인 개 농장이 나왔다. 그곳은 반복적인 임신과 출산만 하는 불쌍한 어미 개들이 갇혀 있는 곳이었다. 태어나자마자 제 어미한테서 떨어져 충분한 영양공급과 사회성 교육을 받지 못한 강아지들은 영양결핍과 갖가지 병에 시달리고 있었다. 귓병이나 습관성 슬개골 탈구 혹은 알레르기가 있는 강아지들. 갑자기 이런 사실들을 알게 되니 마음은 나날이 복잡해져만 갔다. 그러던 어느 날, 아파트 커뮤니티에 한 게시물이 올라왔다. 〈강아지를 임보(임시 보호) 하고 있어요.〉

국어책에 등장하는 철수와 영희 옆에서 본 듯한 바둑이 같은 강아지였다. 귀한 품종도 아니고 작은 강아지도 아니다. 한쪽 귀는 접혀 있고 한쪽 귀는 서 있었다. 귀를 펼지 말지 아직 고민 중인 모양이다. 한번 보고 싶다는 쪽지를 보냈고 며칠 후 약속을 잡아 우리 집에 놀러 왔다. 순둥이 강아지는 고양이처럼 몸을 동글게 말아 잠만 자다 갔다. 그렇게 구름이는 우리 가족의 첫 반려견이자 우리 집 막내아들로 '입양'되었다.

나는 힘없는 '단지' 누나에서 한 생명을 책임지는 엄마가 되었다. 파란 철문 사이로 나를 바라보던 단지는 가끔 내 마음을 긁었다. 지금은 단지의 그 까맣고 동그란 눈을 닮은 구름이가 내 앞에 있다. 꼬리를 흔들며 산책하러 나가자고 자꾸 스트레칭을 한다. 그래, 이제는 마음속 빗장처럼 잠겨 있던 파란색 철문을 활짝 열고, 묶여 있던 단지를 데리고 와야겠다.

족 같은 삶

초등학교 4학년 초, 급성 충수염으로 입원했었다. 도에서 운영하는 다소 병원비가 저렴한 병원이었다. 수술실임에도 유리문 밖으로 뒷마당이 보였다. 누군가 정성스레 가꾸는 정원이 아닌 잡초들이 드문드문 키를 견주는 흔한 뒤뜰이었다. 봄 햇살 때문이었을까? 그 풍경은 참 따뜻했다. 수술대는 차가웠고 분주한 간호사들이 날카로운 금속 부딪히는 소리를 냈지만, 나는 뜰 안의 작은 마당에 흠뻑 취해 있었다. 미세하게 흔들리는 풀들을 따라 눈의 초점이 사라지려 하는 그 몽롱한 순간.

"어머 너 평발이구나!"

적막을 깨는 간호사 언니의 말에 나는 큰 비밀을 들켜 버린 사람처럼 얼굴이 빨개졌다. 누구에게도 들키고 싶지 않았던 내 신체의 비밀을 맨발의 수술실에서 고스란히 들켜 버렸다. 발가벗겨진 것 같았다. 지금까지 이 비밀을 아는 사람은 없었는데. 학교에서조차 아치의 형태가 무너지지 않게 신경을 쓰며 걸었다. 집에 돌아와 양말을 벗으며 발바닥을 매일 확인했다. 아치 부분이 선명한 흰색으로 남아 있으면 뿌듯함을 넘어 짜릿한 희열까지 느꼈다. 그런데 여기서? 나는 그만 방심하고 말았다.

그 무렵 매일 밤 9시 뉴스는 "오늘 ○○○ 대통령 각하께서는…."으로 시작되었다. 그래서 그랬던 걸까? 온통 하얀색인 80년대 초등학교 건물은 위압적이었다. 거기에 검고 딱딱한 글씨체의 '바른 어린이'는 군대같이 준엄했다. 그런 분위기 때문인지 밤이면 학교 안에 있는 이순신 동상의 칼이 움직이고 책 읽는 소녀 조각상이 소리 내어 책을 읽는다느니 하는 괴담이 돌았는지도 모른다.

월요일 아침마다 조회가 끝나면 1학년부터 6학년까지 제자리걸음을 걸으며 나비 모양의 대형을 만들었다. 그 모습은 털실로 짠 나비 날개의 올이 한 올씩 풀리듯 규칙적으로 움직였다. 어린아이들이었음에도 잘 훈련받은 군인들 같았다. 학교 현관에 들어오면 재빨리 신발을 벗어 손에 들고는 각자의 반으로 들어갔다. 신발은 교실 옆면 신발장에 두어야 했다. 바닥과 계단은 반질반질하고 딱딱한 점박이 돌무늬였다. 늘 그렇듯 나는 앞서 올라가는 친구들의 발바닥 모양을 유심히 관찰했다. 복도가 미끄러웠기에 계단을 잇는 나무대를 짚는 것도 잊지 않았다. 약속이나 한 듯 모두 흰색 양말을 신었다. 나도 흰색 양말이었지만 발 가운데가 움푹하게 팬 친구들과 달리 내 발은 전체가 바닥에 닿아 있었다. 나와 똑같은 발은 찾지 못했다.

"엄마, 나 평발이라 시집 못 가면 어쩌지?"

어린 나에게 평발은 '주홍 글씨' 같았다. 나쁜 마법에라도 걸린 것 같았다. 그럴 때마다 엄마는 어이없다는 듯 웃으셨는데 어쩔 땐 엄마의 웃음도 속상했다. '엄마는 평발이 아니라 몰라.'

엄마를 제외한 우리 가족 네 명은 모두 평발이다. 평발의 족보를 따져 보면 우리는 아빠의 발을, 아빠는 할머니의 발을 닮았다. 8남매 중에 유일하게 아빠만 할머니의 발을 닮았다. 작은아버지들과 내 사촌 중에 평발은 없다. 큰오빠는 이것을 '할머니의 저주'라 불렀다. 우리는 평발이 가진 유전자의 힘에 감탄하며 서로에게 소리 없는 위로를 건넸다.

얼마 전에 강아지를 산책시키다가 보더콜리라는 견종을 만났다. 이런저런 이야기 중에 그녀는 자신의 보더콜리는 평발이라 오래 걸으면 힘들어한다는 이야기를 했다. '강아지도 평발이 있다고?' 보더콜리는 산책을 매우 좋아하는 견종 중 하나이다. 멀리 던진 공도 덥석 물어와 다시 주인을 향해 쉼 없이 달리는 보더콜리는 제멋대로인 양들을 우리 안으로 몰아넣는 일을 하던 개다. 그만큼 활동성 많은 강아지가 평발이라니. 집으로 돌아가는 길에 본 우리 집 강아지의 발은 사뿐사뿐 가벼웠다. 초등학교 시절 늘 내 시선이 머물던 친구들의 흰 양말처럼 하얗고 날씬했다.

어쩌다 뾰족한 구두를 신으면 여기저기에 물집이 생긴 발가락들이 아우성을 쳤다. 너무 아파서 잠깐 구두를 벗으면 찌그러진 발가락들이 구두 앞코 모양으로 붙은 채 기절해 있었다. 굽이 높은 구두는 각선미를 드러낼 수 있지만 무게가 앞으로 쏠려 더 힘들었다. 그뿐일까. 체중을 분산시키지 못하는 발은 쉬이 피로해져 종아리 부종을 달고 살았다. 어린 시절, 신데렐라 이야기에서 내가 제일 부러웠던 것은 왕자님이 아니라 뾰족한 유리구두였다. 아니 그 구두를 신을 수 있는 신데렐라의 발이었다. 아무리 신중하게 골라도 구두는 내게 늘 불안한 반쪽짜리였다. 시중에 파는 구두는 한 입 깨물어 먹은 사과의 형태처럼 발바닥 가운데가 비어 있는데 그 안에서 내 발은 쉽게 균형을 잃고 허둥댔다. 걸핏하면 발목을 삐었다.

살다 보니 나처럼 평발이 아닌데도 발에 불편함을 호소하는 사람을 많이 보게 된다. 발가락 관절 안쪽이 돌출된 '무지외반증'을 가진 사람, 발뒤꿈치가 아픈 '족저근막염'으로 고생하는 사람, 발등이 높아 신발이 불편한 사람, 내성 발톱 문제까지. 평발이 아닌 사람들도 의외로 발에 불편함을 많이 느끼고 있었다. 그렇다. 족(足) 같은 문제는 누구나 가지고 있었다. 평발인 사람과 평발이 아닌 사람. 나는 지금껏 세상을 이렇게 이분법적인 사고로 살아왔다는 것을 깨달았다.

'만족', '자족', '충족'이라는 한자어에는 모두 '발 족' 자가 들어간다. 왜 하필 '발 족' 자일까? 해석은 다양하다. 나는 그중에서도 발까지 가득 찬 넉넉하고 편안한 상태를 뜻한다는 해석이 가장 마음에 든다. 머리부터 발끝까지 가득 찬 편안한 삶이란 쉽지 않다. 현대인에게 '만족'이란 어색하고 서툰 단어다. 가진 것보다 내게 없는 '아치'에 집착하며 불평불만을 쏟아 냈던 내 모습처럼.

이제 나는 족(足)같이 살아 보기로 했다. 엄살 부리지 않고 '만족'이라는 지향점을 향해, 인생의 크고 작은 고비를 아주 잘 걸어가 볼 생각이다.

주문해 둔 쿠션 좋은 기능성 신발이 오늘 도착한다는 알림이 울렸다.

내 편 찾기 프로젝트

스물다섯 살이 되던 해. 익숙한 걸음으로 주방에 들어가다 말고 멈춰 섰다. 눈 감고도 갈 수 있는 주방인데 나는 마치 처음 이곳에 들어온 사람처럼 무심하게 서랍 여기저기를 열었다 닫았다. 색이 바랜 몰딩, 가스레인지의 손때 묻은 손잡이, 실밥이 풀린 주방 타올. 차분하게 그 질감들을 손끝으로 느꼈다. '뭐지, 낯설면서도 지겨운 느낌은.'

분명 어제와 다르다. 나는 이제 엄마의 주방이 아닌 오롯한 내 공간을 갈망하고 있었다. 이날 이후 내 살림과 더불어 내 사람을 소유하고 싶은 욕망은 내 안에서 팝콘처럼 터지고 있었다.

누구든 일단 들어와. 당장 결혼해 버릴 테니.

비장하고 결연했던 '내 편 찾기 프로젝트'는 말처럼 쉽지 않았다. 좀처럼 마음에 드는 남자를 만나기 어려웠다. 결국 스물여덟이 되어서야 결혼하고 싶은 남자를 만났다. 스물아홉이던 이 남자는 결혼에 아무 생각이 없었다. 그냥 회사 열심히 다니는 평범한 '노대리'일 뿐이었다. 만난 지 얼마 안 되어 구미로 장기 출장을 가게 된 남자는 평일에도 구미에서 수원까지 장거리 연애를 마다하지 않았다. 사계절을 다 지나 봐야 안다고들 하지만 극심한 도파민이 서로를 혼미하게 했던 3개월을 지날 때쯤 이 남자라는 확신이 섰다. 소심하고 작은 실수에도 심하게 자책하던 내게 남자는 "그럴 수도 있지!"라고 말하곤 했다. 이해와 포용을 내포한 이 따뜻한 위로에 잔뜩 움츠렸던 어깨가 펴졌다. 매사에 긍정적이고 온유한 그가 참 마음에 들었다. 만난 지 백일 가까이 된 어느 날, 좀 이른 감은 있었지만 나는 결단을 내렸다. 결혼을 할지 말지 불확실한 남자에게 더 이상 시간과 마음을 낭비할 수는 없는 노릇이었다. 더군다나 내 프로젝트는 3년이나 미뤄진 상태였다. 이왕이면 엄마의 바람대로 스물아홉의 2라는 앞자리가 3으로 바뀌기 전에 그의 마음을 확인해야 했다. 그도 나와 같은 생각이 아니라면 떠나도 좋다고 생각했다.

가을의 어느 토요일, 우리는 도자기 축제가 한창인 이천에서 데이트를 즐겼다. 둘레길을 걸으며 이런저런 이야기를 나눈 끝에 "연애만을 위한 연애도, 결혼만을 위한 연애도 싫다."라는 애매한 말을 무슨 명언인 양 남자에게 던졌다. 지금 연애에 만족하던 남자는 좀 당황했다. 내 말을 이해하지 못한 것인지 알면서도 모르는 척하는 것인지 모호했다.

'좋아. 오케이.' 즉각적인 대답을 듣지 못한 나는 이 사람은 결혼할 생각이 없다는 결론을 혼자 내렸다. 그리고 쿨하게 보내 주기로 했다. 아니 그를 떠나기로 했다. 그러고는 일방적인 이메일로 차갑게 이별 통보를 해 버렸다.

뜬금없는 이별 통보를 당하고도 이 남자는 당장 달려와 울거나 매달리지 않았다. 아주 신사적인 답장으로 나를 갸우뚱하게 했다. 흔히들 그렇듯 새벽녘 술에 취해 전화한다거나 일방적인 문자메시지 폭탄을 보내거나 아니면 한 번쯤 집 앞에 찾아올 법도 한데…. 우리가 만나온 시간이 이 정도밖에 안 되나 배신감마저 몰려왔다.

내 머릿속에 저장된 남자들에 관한 빅데이터는 늘 그에게 적용했을 때 오류가 났다. 그는 늘 예상 밖이었다. 마시는 컵을 툭 치는 장난에 다른 남자들은 웃고 넘겼지만, 이 남자만은 정색하며 싫다는 표시를 명확히 했다. 하지만 좁은 계단에서 급습하는 내 똥침 공격에는 맥을 못 추고 도망 다녔다. 이후로 웬만해서는 계단을 올라갈 때 절대 먼저 앞서가지 않았다. 어쩌다 내 앞으로 갈 일이 있으면 손으로 엉덩이를 가리고 서둘러 올라갔다. 이런 건 이상하게 싫어하지도 않았다. 내가 너무 취향 저격했나?

쓰디쓴 이별 후 남자는 두 달을 거의 폐인처럼 지냈다고 했다. 스스로 마음을 추스르며 물건들을 정리했으나 커플링만큼은 차마 버리지 못했단다. 그가 회사 화단에 커플링을 묻으며 혹독한 실연을 견디는 사이 나는 나대로 맥이 빠져 어영부영 시간은 흘러갔다.

그해 시끌벅적한 크리스마스이브 저녁. 아무런 감흥도 기대도 없이 켜본 컴퓨터 끝자락에 조그만 채팅창이 같이 열렸다. 죽은 듯 검은 이름들 사이에서 환하게 'ON'으로 살아 있는 남자. 그는 내 마음속에도 살아 있었다. 서로에게 보내는 분명한 '그린 라이트'였다. 크리스마스이브에 왜 혼자냐며 놀리는 인사로 시작한 우리들의 늦은 대화는 다음 날 아침까지 무려 6시간 동안 이어졌다.

그를 다시 만난 날은 12월 31일이었다. 어두운 가로등 아래 서 있던 남자의 머리는 아주 짧아졌고 여윈 얼굴은 추워 보였다. 회사 화단에 묻어 두었다던 커플링은 다시 그의 손에서 반짝였다.

스물다섯 살의 나는 누구와 맞서기 위해 그토록 내 편을 찾았던 걸까.

지긋지긋한 일상, 혹은 적당한 안전거리 없이 내게 일방통행했던 가족과 주변 사람들 때문이었을까. 이천 둘레길에서 남자에게 불쑥 건넸던 "연애만을 위한 연애도, 결혼만을 위한 연애도 싫다."라는 말은 사실 "나랑 살래?"라는 원초적인 프러포즈와 같았다. 가족으로부터 충분한 사랑과 보육을 받지 못하고 컸다는 결핍은 살면서 분하고 억울한 감정으로 때론 열등감으로 생채기를 냈다. 자꾸 덧나는 상처를 덮어 줄 두꺼운 딱지가 필요했다. 내 20대 중반은 충분한 젖을 먹지 못한 배고픈 아기처럼 사랑과 안정을 찾기 위해 내내 입을 오물거렸다.

2004년 5월 1일, 서로의 편이 되겠다고 서약했다. 내 인생을 빛기 위한 물레질의 힘찬 첫발을 디딘 날이면서 스물다섯 살에 시작한 '내 편 찾기 프로젝트'가 종료된 날이기도 하다. 하지만 어렵게 찾은 다정한 '님'이 언제 원수 같은 '남'이 될지는 아무도 모를 일이다. 그리고 알게 되었다. 진짜 내 옆에서 나를 마주하고 안아 줄 이는 바로 나 자신뿐이라는 사실을. 그때서야 허둥지둥 주머니를 뒤지다가 난감한 얼굴로 허공을 바라봤다. 어디로 사라져 버렸을까. 잃어버린 줄도 모르게 잃어버린 나를 뒤늦게 찾아보겠다고 잘 다니던 직장도 그만두었다. 얼른 주변 사람들에게 내가 좋아하는 것들의 정보가 가득 담긴 전단을 돌렸다. 결국 '내 편 찾기 프로젝트'는 나를 찾는 프로젝트로 이어졌다.

"사람을 찾습니다."

20년 동안 엄마의 주방처럼 다시 낡아진 우리 집 싱크대, 실밥 풀어진 주방 타올 곳곳에서 내 흔적이 나왔다. 아파트 CCTV에 마지막으로 찍힌 내 모습은 통바지를 입고 긴 머리를 휘날리며 뛰어가는 어느 여대생과 많이 닮아 있었다.

최다올

작가 노트

어렸을 때 브라질 작가 바스콘셀로스의 『나의 라임 오렌지 나무』를 감명 깊게 읽었다. 주인공 '제제'에게 오렌지 나무 '밍기뉴'가 있다면, 나에게 '밍기뉴'는 글이었다. 처음 '밍기뉴'는 일기장 속에서 내가 하는 이야기를 듣고 글로 대답해 주었다. 그렇게 내면의 소리를 받아 적으며 점차 시를 쓰기 시작했다. 거창하게 부풀릴수록 끝이 초라해지는 뾰족한 시와 씨름하다가 나 혼자 짝사랑하는 게 화가 나서 한동안 시와 헤어졌었다. 하지만 이미 심하게 가스라이팅 당한 후라 다시 시 주변을 질척대다 맺은 인연이 글요일이었다.

1년여간 2주에 한 번씩 에세이를 쓰며, 애써 덮어 두었던 휴화산 같은 마음속 이야기 하나하나를 꺼내게 되었다. 때론 아파하며 때론 울고 웃으며, 읽히지 않던 감정들을 똑바로 대면하게 되었다. 정리되지 않은 여러 감정이 설익은 밥처럼 마음속에서 서걱거리고 못

내 꺼끌거렸지만, 자꾸 내 마음을 들여다보는 따뜻한 보살핌만으로도 쉼과 위로를 받았다. 그야말로 뜨거운 용광로에서 불순물이 제거되는 시간을 보냈다.

독서든 글쓰기든 혼자 하는 영역이라고 생각했다. 그러나 글요일에서 만난 벗들과 함께여서 한 단계 나아갔고 성장했고 변화했다. 이처럼 멋진 분들과 우리의 시간을 정성스레 달인 달큼한 차 한 잔을 독자분께 대접해 드린다. 천천히 함께 음미하셨으면 하는 바람이다.

벚꽃 보러 갔다 들꽃 보고 오는,

조신한 슈퍼 E

노분희

천변을 매일 걷는다. 가끔 생각에 빠져 다른 길로 가곤 한다. 헤매고 서성여도 가야 할 곳은 제법 찾는 편이다. 시, SF 소설 그리고 음악이 없는 세상을 상상할 수 없다. 보이지 않는 것에 관심이 있다. 소리를 녹음하는 프로그램을 진행했다. 수원시글로벌평생학습관 시민기획단에서 7년 동안 북토크를 기획했다. 책을 함께 읽고 저자를 만나러 다녔다. 지금은 10대에게 토론과 글쓰기를 가르친다. 아이들의 글에서 솔직함을, 글요일에서는 다정함을 다시 배우는 중이다. 사랑에 관한 글을 쓰고 싶다. '계속하는 사람'으로 기억되기를 바란다.

이메일 rntfjr17@naver.com

공손한 목격자

평일 정오 무렵 신분당선 역은 한산한 편이다. 개찰구를 통과하는 사람은 대여섯 명에 불과하다. 지상으로 올라가는 에스컬레이터는 다른 역에 비해 유난히 좁고 높다. 젊은 여자, 남자 그리고 나. 세 사람만 에스컬레이터 위아래로 서 있다. 뒷모습만 봐서는 연인으로 보일 정도로 두 사람은 가깝다. 가만히 있던 남자가 갑자기 고개를 떨군다. 여자 종아리 뒤에 핸드폰을 갖다 댄 후, 엄지손가락으로 화면을 누른다. '뭐지?' 께름직하다. 그는 핸드폰을 올려 무언가를 확인한다. 잠시 후, 고개를 다시 숙인다. 여자의 치마 절개선 안으로 휴대전화 쥔 손을 밀어 넣는다. 바로 몰카범이 떠올랐다.

'하필, 내 앞에서 이런 일이 일어나다니! 모른 척하고 갈까 아니면 물어볼까? 그러다 해코지당하면 어쩌지?' 몰카범 목격자가 가해자 가족에게 보복받아 고생하고 있다는 얘기를 들은 적이 있다. 게다가 나는 불만 섞인 속말을 쉽게 하는 성격도 아니다. 그런 내가 범죄 현장으로 보이는 상황에서는 '이번에는 그냥 지나칠 수 없다.'라는 쪽으로 마음이 기운다. 남자에게 물어봐야 한다. 현장을 지나쳐 버리면 지금을 비겁했던 순간으로 오래도록 기억할 것이다. 여자는 뒤에 있던 남자가 무얼 했는지 알고 있을까. 가슴이 두근거린다. 숨을 깊게 마시고 길게 내뱉는다. 피하지 않고 마주해야 한다고 다짐하던 순간, 몇십 년 묵은 기억이 떠올랐다.

대학교 2학년, 실험 실습 수업 중이었다. 교수님은 미국 유학 시절 경험을 담담하게 말했다.

“쥐를 해부하는 데 낯선 남자가 갑자기 들어왔어요. 동물 단체에서 일하는 사람이라며, 이런 실험은 없어져야 한다고 소리쳤어요. 곧이어 총을 쐈습니다. 실험실 동료가 죽었어요. 그 후로 우리는 실험용 쥐들을 땅에 묻어 주고 장례식도 매년 했습니다.”

잠시 정적이 흐른 후, 조교가 테이블을 돌아다니며 개구리를 나눠 주었다.

우리는 마취약을 묻힌 탈지면으로 개구리 얼굴을 덮었다. 몇 분이 지나도 개구리는 계속 버둥거렸다. 다른 조들은 모두 마취 작업을 끝낸 것처럼 보였다. 테이블 위 개구리들이 허연 배를 드러내고 가만히 누워 있었다. ‘마취약이 부족했나.’ 솜이 흥건해지도록 약을 더 부었다. 팔딱거리던 개구리의 움직임이 많이 둔해졌다. 비로소 마취가 된 것 같았다. 친구들이 개구리 발을 잡았다. 나는 눈을 질끈 감았다. 개구리 목살 아래에 메스를 갖다 댔다. 날카로운 앞부분에 힘을 주며 눌렀다. 칼날 선을 따라 피가 흘러내렸다. 테이블 위 개구리는 더 움직이지 않았다.

하얀 살갗 안으로 심장, 간 등이 있었다. 자잘하지만 오밀조밀하니 생기가 느껴졌다. 내장 기관들은 서로 처음과 끝이 이어져 피를 돌게 했다. 실험이 끝나고 시약을 정리하는데 친구가 말했다.

"어떡하니, 우리 마취약이 아니라 식염수를 썼어."

'개구리를 산 채로 해부하다니!' 한 생명이 우리를 위해 무력하게 죽어 갔다. 살이 갈라지고 내장이 끊어지는 고통을 온전히 느끼면서 말이다. 나는 살생의 도구인 메스를 들고 있었다. 해부용 칼을 든 손은 떨렸지만, 결국 나는 생살을 잘랐다. 단지 개구리 속을 보기 위해서였다. 교수님이 말했던 실험실 사건 얘기는 나를 두고 한 예언이 틀림없었다. 총을 든 남자가 문을 열고 들어와도 이상하지 않을 것 같았다. 우리는 아무 말도 하지 못 한 채, 서로를 쳐다보기만 했다. 친구가 두려울 때 짓는 표정을 그때 처음 봤다.

갑자기 웅성대는 소리가 들렸다. 실험실 건물 옆 나지막한 산에 바바리맨이 나타났다. 그는 두 다리를 어깨너비로 벌리고, 양손으로 트렌치코트를 열어젖혔다. 그 남자의 피부는 매끄러웠다.

"저놈 또 왔네."

조교는 아무 일 아니라는 표정을 지으며, 조용히 하라고 했다. 바바리맨은 오랫동안 한자리에 있었다. 남자는 하얀 속살을 드러낸 채 환하게 웃고 있었다. 개구리를 죽이고 난 뒤에 본 바바리맨! 그와 개구리 흰 몸통이 내 머릿속에서 포개졌다. 거리에서 만났다면, 보자마자 고개를 돌려 자리를 피했을 것이다.

그는 유리창 밖에 서 있었다. 우리는 남자가 사라지기만을 기다렸다. 더 정확하게 말하자면, '없는 사람' 취급을 했다. 다들 별일 아니라는 듯 무심한 척했다. 지금은 다르다. 바로 눈앞에 치마 안을 찍는 남자가 있다. 내가 말하지 않으면 그는 가던 길을 갈 것이다. 아무 일 없었다는 듯이. 앞으로도 계속 치마 속을 찍을 수 있다. '별일 아니라는 듯이.'

"저기요!"

나는 남자의 등을 두드린다.

"왜 그러시죠?"

"핸드폰으로 사진 찍는 거 봤어요."

그 와중에도 존댓말을 하는 공손한 목격자라니! 움츠러든 내가 부끄러웠다. 다시 허리를 곧추세운다. 청년은 입술을 부르르 떨며 휴대전화기를 보여 준다.

"아무것도 안 했어요. 여기 사진첩 보세요."

화창한 하늘 풍경만 가득하다. 몰래 찍던 사진들은 어디로 갔을까.

"아까 여자 치마 안으로 사진 찍는 거 봤어요."라고 말하자, 그는 휴대전화를 코앞으로 들이댔다. 맨살이 드러난 사진은 없었다. '내가 잘못 봤나? 아닌데. 그러면 화를 내지, 핸드폰을 먼저 보여 줄 리 없을 텐데.' 청년이 순순히 경찰서에 가지는 않을 것 같았다. 전국을 떠들썩하게 만든 '묻지 마 사건'이 생각났다. 현상 수배범 사진 속 고운 얼굴선을 가진 남자가 떠올랐다. 세상 선한 인상이었다.

심장이 다시 떨렸다. 호기롭게 시작했는데…. 용기는 바닥을 드러냈다.

"내가 분명히 봤어요. 두 번 찍는 거요."

나는 다시 말했다. 그는 말없이 고개를 떨궜다. 서로 다른 곳을 쳐다본 채 정적이 흘렀다. "분명히 봤어요."라는 말을 뱉어 내고, 나는 그 자리를 떠났다. 고개 숙인 남자를 뒤로한 채, 항상 가던 길로 걸어갔다. 죄책감을 떠올리며 남자의 등을 두들겼는데, 결과는 그것뿐이었다. 남자의 겁에 질린 표정과 젊은 여성의 긴 치마 이미지만 남았다.

그 후로 소 되새김질하듯 계속 생각했다. '내가 현장에 두고 온 건 뭘까?' 그의 행동을 따져 물었어야 했다. 핸드폰으로 사진을 찍는 동시에 클라우드에 올리는 앱이 있다는 걸 알게 됐다. 청년이 여자의 치마 속을 찍은 게 확실하다면, 그 사진은 온라인 세상으로 들어간 셈이다. 공중화장실 작은 카메라 렌즈가 잡은 이미지들과 함께 온라인으로 여기저기를 돌아다니다 어느 집 컴퓨터 저장소에 머무를 수도 있다. 그중에 나, 가족 그리고 친구들의 사진은 없을까.

몰카범으로 보이는 남자를 사이에 두고 나란히 서 있던 그녀. 그 순간 개구리 해부 시간이 생각난 이유는 무엇일까. 하얀 개구리 배에 선홍빛 선을 그었던 메스는 보기보다 날카로웠다. 조화롭게 연결된 내장 기관을 금방 해체했다. 사람의 이곳저곳을 찍는 카메라 렌즈도 메스 못지않게 매섭다. 조용한 핸드폰은 모르는 여자의 몸에서 원하는 이미지만 뽑아낼 수 있다. 치마 안을 몰래 찍는 방식도 그렇다. 나는 깊은 심호흡을 하며 남자와 마주 봤지만, 결국 현장에서 나와 버렸다. 우발 사건으로 끝났다. 만약에 이 상황을 기사로 읽는다면, 나는 기사 속 '나'를 비난했을까, 아니면 그럴 수도 있다고 생각했을까. 상황에 따라 다를 것이다. 온라인 범죄도 시시각각 형태가 달라지고 있다.

그럼 어떻게 해야 할까? 나는 미완의 사건을 지인과 가족에게 털어놓았다. 그들은 지하철역 여자 화장실에서 초소형 카메라를 봤던 경험, 군대에서 휴가 중인 남성이 성추행범을 잡은 사건 등을 들려주었다. 몰카범을 만났을 때 어떻게 해야 할지도 이야기를 나눴다. 누군가 말없이 다른 사람의 몸을 찍는 걸 본다면, 그 즉시 소리칠 것이다. 다음이 있다면, 행인들에게 도와 달라고 할 것이다. 찍힌 사람과 함께하리라. 나는 잊지 않을 것이며 계속 말할 것이다.

흙터라는 자리

가위눌리는 꿈을 꿨다. 이유 없이 몸이 가라앉던 날들이 이어졌다. 내과 진료도 보는 산부인과에 갔다. 피를 뽑고, 초음파검사를 했다. 출산을 도와줬던 여의사의 말투는 여전히 쾌활했다.

"가슴에 멍울도 없고, 혈액 수치도 되게 좋은데요. 서비스로 갑상샘도 봐 드릴게요."

어두컴컴한 검사실에 정적이 흘렀다.

"돌 같은데, 0.5센티도 안 되긴 해서…. 일단 큰 병원에 가 보세요."

한 달 후, 나는 삼십 대 암 환자가 되었다.

이상하게 병에 걸릴 것 같았다. '올 게 왔구나!'라는 느낌이랄까. 남편이 나보다 더 놀란 눈치였다. 회사를 그만두고 사업을 준비하던 무렵이었다. 결혼하고 줄곧 아버님 건물에서 살았는데, 시부모님은 신혼집에 수시로 왔다. "이 집 사람이 됐으니."와 "집밥을 먹어야 한다."라는 말을 수시로 들었다. 아버님 말씀에 토를 다는 사람은 없었다. 임신 7개월까지 아버님 점심상을 차렸다.

엄마는 소식을 듣자마자 한참 동안 울었다. 가장 담담한 사람은 환자 당사자인 나였다. 암 공부를 시작했고, 명의를 찾아다녔다. 자연치료로 유명한 의사는 나비 모양 갑상샘 모형을 보여 주며 일장 연설을 했다. 맹장, 편도선 같은 장기도 웬만하면 없애지 않는

게 좋으니 지켜보라고 했다. 자연요법이 주는 장점이 많았다. 좋은 공기를 마시고, 친환경 음식을 먹는 등 생활 습관을 바꿔야 했다. 돌 지난 아이를 데리고 공기 좋은 동네를 찾기도 쉽지 않았다. 이사는 엄두도 내지 못했다.

그러다 서울에 있는 한 대학병원에서 조심스럽게 수술을 권하는 의사를 만났다. 나이가 젊고 다른 지병이 없어서, 가족이라면 수술 날짜부터 잡았을 거라고 했다. 환자를 살피며 천천히 말하는 모습에 믿음이 갔다. 의사에 대한 평도 나쁘지 않았다. 수술을 결정하고 6인실에 입원했다. 알고 보니 암 병동이었다. 대부분 자궁과 난소가 안 좋은 환자들이었다. 입원 첫날 엄마는 음료수를 돌렸다. 다들 웃으며 반겨줬다. 제일 젊다는 이유로 동생이 되었다.

"동상은 갑상샘암이라 좋겠어!"

병실에 같이 있던 언니들은 어려운 수술을 앞두고도 농담을 주고받았다. 입담들이 다 좋았다. 피식 웃음이 새어 나올 때마다 마음의 무게도 가벼워졌다. 지혜와 통찰을 담은 어떤 말보다 더 위로되었다. 병실 분위기가 좋아서 그런지, 수술 전날에도 아주 침울하지는 않았다. 침대에 누워 수술실로 향하는데, 얼굴 위로 손들이 이리저리 흔들렸다. 수술 잘하고 오라고 했다. "학교 잘 다녀와라. 나중에 보자."'라는 인사말 같았다. 혼자가 아니라는 기분이 들었다.

수술실 밖과 안은 달랐다. 자동문 안으로 들어가니 서늘했다. 팔 안쪽에 바늘을 꽂은 후, '하나 둘 셋'을 셌다. 그 후로 죽은 듯이 잠에 빠져들어 갔다. 시간이 얼마나 흘렀을까. 갑자기 덜커덕거리는 소리가 들렸고, 익숙한 천장과 조명이 희미하게 보였다. 눈꺼풀에 접착제를 붙인듯 두 눈은 잘 떠지지 않았다. 누군가 내 이름을 불렀다. "네."라고 큰 소리로 답하고 싶었는데 그럴 수 없었다. 목 안에 큰 가시가 박혀 있는 것 같았다. 간호사가 가까이 와서 괜찮냐고 물었다. 나는 고개를 끄덕였다.

수술은 잘됐다고 했다. 주치의는 급한 일이 생겨 수술실에 들어오지 않았지만 말이다. 의사를 믿고 선택한 병원이었다. 어제까지만 해도 매끈했던 목에 긴 칼자국이 생겼다. 가로선 위아래로 땀 뜬 자국이 생겼다. 숙련된 의사가 수술했으면 이렇게까지 흉했을까. 암에 걸린 것도, 큰 수술 자국이 남은 것도, 모든 게 실망스러웠다. 그런데 레지던트는 밝은 표정을 지으며 말했다. "수술하기를 잘했어요. 앞에만 깨끗했지, 뒤는 울퉁불퉁했다니까요." 나는 떼어 낸 갑상샘을 볼 수 있냐고 물었다. 의사는 그럴 수 없다고 했다. 나는 갑상샘의 뒷면을 보고 싶었다. 기도와 맞닿았던 표면이 얼마나 부풀었는지도.

매일 죽어 없어져야 하는 것들이 갑상샘에 모여 있었다. 내뱉지 못하고 삼켰던 슬픔이 목으로 모여든 것 같았다. 바깥보다 안쪽이 곪은 채 숨길을 압박하고 있었다. 암 덩어리가 사라졌다는 안도감은 잠시였다. 세수할 때마다 수술 자국이 눈, 코, 입보다 먼저 들어왔다. 흉터는 나에게 갑상샘이 없다고 계속 일깨워 주었다.

어느 초여름, 친구와 함께 공원에 갔던 날이었다. 유모차를 밀고 나란히 걸어가는데, 반대 방향에서 오는 사람들의 시선이 목에 쏠렸다. 뚫어져라 쳐다보는 눈동자들을 피하려고 노력했다. 옆에 있던 친구가 말했다.

"여름에 두르는 스카프도 있던데, 없으면 내가 사 줄까? 나라면 하고 다닐 텐데."

무슨 뜻이냐고 물어보지 않았다. 당시에는 친구의 말보다 흉터를 향한 사람들의 관심이 더 힘들었다. 악의 없는 눈빛이라도 부담스러웠다. 동정하는 것 같았다. 아픈 건 점점 덜해졌지만, 목의 가로선은 여전히 또렷했다.

아이가 유치원생이 됐을 때도 크게 달라진 건 없었다. 가을, 겨울 그리고 봄에는 괜찮았지만, 한여름 더위에는 가릴 수 없었다. 아이 친구의 엄마들에게 나는 '환자'였다. 갑상샘 호르몬제를 먹어도 예전보다 쉽게 피곤해졌다. 억울한 마음이 들수록 알고 싶어졌다. 건강했던 내가 병에 걸린 이유를 말이다. 동시에 나는 당당하고 싶었다. 기운을 차릴 때마다 밖으로 나갔다. 금방 타인의 시선에서 벗어날 수는 없었다. 움츠러들었다 쭉 펴고 다시 고개를 숙이던 시간의 반복이었다. 그렇게 몇 년이 지나갔다. 목의 칼자국이 연해질수록 마음의 여유가 생겼다.

이제 흉터는 목주름과 합쳐졌다. 사람들 시선을 많이 신경 쓰지 않게 됐다. 시부모님 집에서 나온 지도 한참 됐다. 그사이 아버님은 집에만 계시려는 노년기로 들어섰고, 어머님은 뇌졸중으로 고생하시다 완치했다. 살갑지는 않아도 서로의 건강을 걱정하는 사이가 됐다. 나이 든다는 것은 아픔을 차근차근 만나는 과정 아닐까.

어머님 생신날 식사를 하고 시댁에 있는 텃밭으로 갔다. 어머님 손끝이 야무져서 그런지 밭이 가지런했다. 감자, 고구마, 깻잎, 고추 등이 탐스러워 보였다. 하지 즈음이었다. 감자꽃이 뽀얗게 피었다. 나도 모르게 감탄사가 나왔다.

"와! 감자꽃이 너무 예뻐요."

자식 칭찬을 들었을 때처럼 어머님은 환하게 웃었다.

텃밭 옆에 공터가 있었다. 이름 모를 들꽃 사이로 나비가 날아다니고 어미 길고양이와 새끼 몇 마리가 햇볕을 쬐러 왔다. 그곳에 우리는 돗자리를 폈다. 방금 딴 오이, 가지, 고추 그리고 방울토마토를 먹었다. 와사삭 소리와 함께 입안으로 싱싱하고 달콤한 맛이 퍼졌다. "맛있다."라는 말이 절로 나왔다. 남편과 아들도 고개를 끄덕였다. 아들의 옆모습을 보니 남편과 처음 만났을 때가 떠올랐다. 지금의 남편은 그때보다 여러모로 넉넉해졌다. 말을 천천히 하고, 배는 볼록해졌다. 눈가 주름은 내 목주름과 비슷하게 깊어졌다. 잃어버리고, 잊어버리는 것도 늘었다. 남편이 보여 주는 빈구석에 동지애를 느꼈다.

나에게도 빈터가 있다. 목 안쪽으로 날개를 편 모양의 갑상샘이 있던 자리다. 병을 진단받고 고민 끝에 수술을 결정했다. 건강해지기 위해 없애는 쪽을 선택했는데, 정작 나는 사라진 것에 집중했다. 수술 자국을 가리고만 싶었다. 아팠던 사실을 말하고 싶지 않았다. 흉터에 좋다는 연고도 발라 봤지만, 쉽게 없어지지 않았다. 인생이 두루마리 휴지라면, 그 시간을 똑 떼어 잘게 찢어 버리고 싶었다. 수술 전과 후, 입원실에 있었던 시간을 또렷하게 기억하는데 말이다.

아프고 다정했던 사람들. 병원에서 만났던 언니들은 어디서 어떻게 지내고 있을까. 거리에서 만난다면 서로를 알아보지 못한 채 각자 가던 길을 갈 것이다. 살아 있다면 말이다. 수술 끝나고 먹으라며 과일, 요구르트 등을 건넸던 주름진 손은 생각난다. 그녀들의 손등 위로 핏줄이 불룩불룩 튀어나왔었다. 그 손으로 내 등을 토닥토닥 두들겨 줬다. 아픈 사람이 다른 사람의 아픔을 알아봐 주었다. 세상에는 아픈 채 살아가는 사람이 많은데 나는 아니기를 바랐다.

"잠깐 웃고 그다음은 슬프면서 그냥 그런 날들인 것 같아."

남편이 말없이 고개를 끄덕인다. 오늘따라 노을에 물든 구름 색이 오묘하다. 어제의 해 질 녘 하늘빛과 다르다. 공터에서 우리는 해가 사라질 때까지 앉아 있었다. 서쪽 하늘에는 보랏빛과 붉은색이 경계선 없이 섞여 있었다.

소리 산책자

어김없이 봄은 왔다. 산수유꽃은 잎보다 먼저 폈다. 한 해의 시작은 지금이라고 선언하는 듯, 노란 폭죽을 터트렸다. 나란히 서 있는 나무들도 개화를 서두르는 모양새다. 목련꽃은 만개했고 벚나무 꽃망울도 잔뜩 부풀었다. 약속이나 한 듯 봄꽃들이 함께 나올 기세다. 이상 기온으로 식물들이 생태 시계를 다시 맞췄나 보다. 순서 없이 필 꽃들은 도시에 색을 더할 것이다. 걸어야겠다.

광교산으로 이어지는 천변 산책길로 향한다. 사부작사부작 걷다 보니 어느새 물길 옆이다. 꽁꽁 얼어붙은 강물 위로 지나가던 아이들은 보이지 않는다. 세차게 흐르는 강물은 아직 남아 있는 얼음을 들썩이게 한다. 수원천 하류의 물소리는 상쾌하다. 가만히 듣고 있으니, 물소리가 혈관을 타고 흐르는 것 같다. 이제야 봄을 실감한다. 오후 햇살과 저녁 어스름이 섞여 있다. 곧 하늘은 석양빛으로 물들 테다.

흰뺨검둥오리 몇 마리가 시야에 들어온다. 징검다리 사이에 있던 새끼 오리 한 마리가 어미 곁으로 가고 있다. 그 옆으로 쇠백로 한 마리가 날아온다. 가늘고 긴 다리로 서 있는 자태가 우아하다. 고개 한번 돌리는 법이 없다. 갑자기 쇠붙이들이 부딪히는 소리가 난다. 짧고 날카롭다. 오리들은 꽥꽥거리며 허둥지둥 자리를 피한다. 영역 다툼을 하려는 걸까. 바로 핸드폰을 꺼내 소리 녹음을 시작한다.

작년 여름과 가을에 수원 곳곳을 걸었다. 다양한 소리를 찾아 집 근처에서 광교산 저수지까지 다녔다. 일상의 소리를 녹음하고 사람들과 공유하는 '소리일기'라는 프로그램을 위해서였다. 열 명 남짓한 사람들이 녹음한 파일을 온라인 채팅방에 올렸다. 그중에는 새소리가 가장 많았다. 사람들은 가까운 거리에 있는 나무들을 살폈다. 핸드폰을 쥔 손을 길게 뻗어 새소리에 집중하는 얼굴들이 떠올랐다. "가만히 서서 귀를 기울였다."라고 말하는 사람들이 많았다. 다른 생명체의 소리를 듣던 그 순간만큼은 차분해졌다고 했다. "새를 만나서 좋았다.", "새의 재발견"이라는 말을 덧붙였다.

새는 무성한 초록 잎에 가려 보이지 않을 때가 많았다. 그런데도 소리는 감출 수가 없었다. 보이지 않지만 들리는 것에는 주파수를 맞추는 시간이 필요했다. 나무 위를 한참 동안 바라봤다. 목이 뻐근해질 무렵, 새소리가 제대로 들렸다. "찌르륵", "곳곳", "끼루룩" 등 새들의 소리는 다양했다. 리듬과 높낮이가 저마다 달랐다. 두견새, 직박구리, 박새 등이 우리 가까이 있었다. 새들의 먹이인 벌레와 나무 열매 등이 아파트에 있기 때문이다. 사람이 살기 때문에 뱀 같은 천적을 피할 수 있다. 도시에 새들이 점점 많아졌다. 천변에 사는 물새들도 늘어났다.

날카로운 소리를 냈던 쇠백로가 유유히 움직인다. 물살을 거슬러 조금 가다 날개를 펴고 날아간다. 흰뺨검둥오리 떼가 다시 온다. 오늘따라 산책하는 이들이 많다. 들꽃 옆으로 길고양이가 살금살금 다가온다. 마스크를 벗고 걷는 사람들이 새와 고양이를 본다. 발걸음이 오늘따라 가볍다. 걸으면 걸을수록 힘든 시간은 뒤로 간다.

몇 달 전에 아빠가 뇌졸중으로 쓰러졌다. 의사는 뇌 개두술을 권했다. 칠십 대 나이에 비해 근육량이 많은 편이기 때문이었다. 수술 후 6개월 이내로 집중 훈련을 받으면 다시 걸을 수 있다고 했다. 수술 결과는 좋았다. 방향, 시간 감각도 정상이었고, 목소리만 듣고도 가족과 간병인을 구별할 수 있었다. 반면에 아빠는 재활 운동을 몹시 힘들어했다. 기구에 등을 대고 서 있는 자세부터 어려워했다. 아빠는 마비된 왼쪽 손과 발을 힘겹게 움직였다. 마음처럼 되지 않을 때면, 재활치료사에게 화를 냈다. 평소에 조용했던 그가 변했다. 가족이 곁에 있으면 그나마 괜찮았다.

"힘들지? 그래도 한번 해 보자. 그래야 걷지, 그래야 집에 가지."

나는 아빠를 달랬다가 때로는 다그쳤다. 40분의 재활 시간이 4시간은 되는 것 같았다. 일주일에 두 번은 녹초가 돼서 집으로 돌아왔다. 아이는 대입을 한 번 더 치르고 있다. 나는 재수생 엄마가 됐다. 어깨가 축 처진 채 아이는 집에 왔다. 신랑과 대화도 줄어들었다. 집은 점점 조용해졌다. 아픈 아빠가 내는 소리를 듣다 집에 오면, 침묵이 나를 맞았다.

종종 나는 밖으로 나가고 싶었다. 걸어야 살 것 같았다. 멀리 가지 않아도 됐다. 어디든 괜찮았다. 밤늦은 시간에도 걸었다. 살얼음이 있던 흙을 밟아 넘어지기도 했다. 그 뒤로 신발에 신경을 썼다. 비가 올 때는 장화를, 함박눈이 온 뒤에는 가벼운 등산화를 신었다. 걷기 위해서는 날씨에 맞는 신발이면 충분했다.

소리에 집중하면서 걸을수록 궁금한 게 많아졌다. '저 소리는 어디서 나는 걸까? 누구의 소리일까?' 보물찾기하듯 나무들을 살폈다. "끼루룩" 하는 새소리를 들으면 차분해지면서 동시에 두근거렸다. 세상은 재미있는 곳이라고 외치는 아이가 된 것 같았다. '내가 발견했어요.'라고 말하는 동화 속 인물처럼 말이다. 당시 나는 지독히 혼자 걷고 싶었다. 지금 돌이켜 보니 그게 아니었다. 위로와 응원을 해 주는 누군가를 찾으러 다녔다. 파랑새를 찾으러 떠나는 '찌르찌르'가 되고 싶었다.

리듬을 타듯 걸을 때도 있었다. 수험생과 환자 생각으로 가득 찬, 먼지 통 같던 머릿속이 환해졌다. 산들바람 부는 날 창문을 활짝 연 기분이랄까. 동네 뒷산을 걷던 날이었다. 푸른 무늬 날개를 가진 산까치를 만났다. 새는 빽빽한 나무들 사이로 한 줄기 빛이 지나가는 곳에 가만히 있었다. 나는 그 앞에 멈춰 섰다. 햇살을 받은 까치 날개는 신비한 느낌을 주었다. 나무들이 뿜어내는 숲 향기가 진동했다. 온몸의 긴장이 스르르 풀렸다. "좋다!"라는 감탄사가 저절로 나왔다. 내가 작아지면서 큰 세상으로 들어가는 문 앞에서 있는 기분이 들었다. 눈가가 뜨거워지면서 눈물이 맺혔다. 울고 나면 힘이 났다.

오늘은 신발장 깊숙이 있던 분홍색 천 운동화를 꺼냈다. 봄부터 여름까지 신을 수 있다. 고무로 된 밑창이 두툼하다. 발등을 폭 감싼 느낌이 좋다. 발이 바닥을 디딜 때 쿠션감도 만족스럽다. 땅도 폭신하다. 산책로 가로등이 다 켜졌다. 도시의 밤은 적당히 어둡다. 잠깐 멈춰 서서 하늘을 본다. 보름달 테두리가 유난히 동그랗다. 달빛도 환하다. 그 옆으로 인공위성 같은 것이 지나간다. 천변에서 푸드덕 소리가 난다. 흰뺨검둥오리 두 마리가 낮게 날아간다. 다시 나는 집을 향해 걷는다.

마지막 이사

"78살에 죽을 거야."

"제발 그런 말 좀 하지 마셔!"

"네 할아버지도 그때 돌아가셨거든."

아빠가 '2년 후 예언'을 시작한 건 두 번째 뇌졸중 발병 후부터였다. 첫 번째는 가볍게 지나갔다고 했다. 약 챙겨 먹고 건강 관리 잘하면 괜찮을 거라고, 의사는 말했다. 문제는 술이었다. 영원한 사랑을 약속한 사이인 양 아빠는 매일 막걸리를 마셨다. 빨리 낫겠다는 의지가 술에 희석되는 듯했다.

평소에도 아빠는 돌아가신 할아버지 얘기를 자주 했다. 그리고 십 년 전에 작고하신 큰아버지를 대신해 집안 대소사를 꼼꼼하게 챙겼다. 내가 초등학교에 입학할 때쯤 할아버지는 괘종시계를 사주셨다. 사십 년 넘게 그 시계는 거실 벽 중앙에서 오래도록 반짝거렸다. "할아버지 덕분에 이 집도 살 수 있었다."라는 아빠의 말을 귀에 못이 박히도록 들었다. 아빠는 이사 가는 걸 끔찍이 싫어했다. 반세기 가까이 같은 곳에서 살았다. 집은 곧 그였다. 엄마는 가끔 집이 굴레 같다고 했다.

세 번째 뇌졸중은 이길 수 없었다. 아빠는 왼쪽 다리와 팔이 마비된 채, 집을 떠났다. 중복 다음 날이었다. 그는 종합병원 응급실과 수술실을 거쳐 6인실에서 몇 주 동안 있었다. 숨이 차고 호흡이 가빠질 때마다 간호사는 바로 달려왔다. 병원 내 재활센터 치료사들은 전문적인 느낌을 주었다.

"열심히 운동하면 돼. 몇 달 후에는 공원도 걸을 수 있을 거야."라고 아빠에게 말했다. 술은 저절로 끊게 될 것이고, 소소한 일상이 고맙게 다가올 거라 믿었다.

퇴원 날짜가 빠르게 정해졌다. 우리는 조금이라도 더 있기를 바랐다. 병원은 퇴원을 종용했다. 환자를 계속 머무르게 할 의지는 없어 보였다. 친절한 직원이 재활병원 서너 군데를 소개해 주었다. 뇌졸중 환자에게 발병 후 6개월은 회복에 있어서 매우 중요한 시기다. 고심 끝에, 재활로 유명한 병원을 선택했다. 홈페이지에 로봇 치료 홍보 문구가 알림창으로 떠 있었다. 한방 치료도 가능했다.

처음에는 엄마가 아빠 옆에서 먹고 자고 했다. 일주일이 되기도 전에 엄마가 아팠다. 내가 병원에서 오래 있을 상황도 안 됐다. 우리는 개인 간병인을 구했다. 아빠는 병원 생활에 적응하지 못했다. 여기가 감옥이라고 했다. 은유적 표현이 아니라 진짜 창살에 갇힌 곳 말이다. 경찰이 쫓아온다고 했다. 환자용 침대 난간을 두드리다 새벽 두세 시쯤 잠들었다. 같은 병실 환자들의 불만이 많았다. 오후 재활 시간에는 졸기 일쑤였다. 그럴 때마다 간병인은 전화해 아빠를 바꿔 줬다. 핸드폰은 금방 뜨거워졌다. 아빠를 달래다 나중에는 짜증을 냈다. 전화를 끊고 나면 미안해졌다. 그다음 날에는 아빠를 보러 갔다. 재활 운동하는 아빠 옆에 있었다. 그를 어르고 달래다 화를 냈다. 나는 냉풍과 온풍이 아무렇게나 나오는 에어컨이 된 것 같았다.

결국 아빠는 병원에서 나올 수 있었다. 집에 오자마자 괘종시계부터 봤다. 밤에 푹 잤고 낮에는 계속 걸었다. 일주일에 두세 번 재활치료사가 왔다. 한 달 후에 계단을 올라갔다. 옥상에서 하늘도 봤다. 동네 빵집까지 걸어가 단팥빵도 샀다. 어느 날, 현관문을 열었는데 엄마와 아빠가 어깨동무하고 있었다. 기운이 없는 한쪽 팔을 엄마 어깨에 걸친 것이었다.

행복한 순간은 금방 사그라들었다. 기침이 오래간다 싶었다. 새벽에 경기를 일으켜 종합병원 응급실에 실려 갔다. 코로나로 인해 몸 상태가 급격히 안 좋아졌다. 강력한 항생제를 오래 쓰니 염증 수치는 떨어졌다. 특수 치료 기기가 있는 요양병원으로 갔다. 지난번 문제와 비슷했다. 간병인들은 자주 그만뒀고 재활치료사는 아빠를 힘들어했다. 그 후에는 집 근처 요양원에 있었다. 그러다 또다시 종합병원 응급실로 갔다.

되돌이표 같은 시간이었다. 아빠는 여러 병실을 옮겨 다녔다. 이불을 덮고 이 침대에서 저 침대로. 그뿐이었다. 원하지 않는 이사를 많이도 했다. 그는 납작한 인간이 되어 갔다. 종아리뼈가 모양을 드러내기 시작했다. 집으로 보내 달라고 소리치지 않았다. 발신자 '아빠'로부터 오는 전화벨은 울리지 않았다. 내 속에서 송곳이 마구 움직이는 것 같은 날들이 많았다.

마지막으로 머문 곳은 중환자 무균실이었다. 한겨울처럼 추웠다. 아빠는 냉기 속에서도 혼자였다. 앞머리는 거의 다 빠졌다. 심장과 발목은 기계와 회색 줄로 연결되어 있었다. '바이털 사인 모니터'의 심전도 하트 표시가 힘없이 반짝거렸다. 독일에 있는 첫째 손녀만 빼고 일곱 명의 가족이 아빠 곁에 서 있었다. 간호사가 마지막 인사를 하라고 했다. 작별하는 순간만큼은 담담하고 싶었으나, 나는 그러지 못했다. 환자복 앞섶을 부여잡고 소리 질렀다. 가지 말라고 울부짖었다. 살짝 열린 아빠의 눈꺼풀 안에서 눈동자가 이리저리 흔들렸다.

이제 그는 세상에 없다. 아빠 몸은 재가 되었다. 아파트 같은 벽식구조 납골묘에 있다. 마지막으로 이사한 장소는 용인에 있는 추모 공원묘지다. 전입 신고를 하지 않아도 되는 곳. 사망진단서만 필요하다. 설 전이었다. 녹두 빈대떡과 막걸리를 들고 추모 공원에 갔다. 영정 사진 앞에 돗자리를 깔고 앉았다. 아빠 위층에 중년 남성의 사진이 보였다. 장례식 화장을 끝내고 왔을 때는 비어 있었다. 이름 옆에 새겨진 숫자를 보니, 아빠와 출생 연도가 같았다. 사망 날짜도 일주일 차이였다.

70대로 보이는 여성과 중년 남자가 가까이 다가왔다. 남자 인상이 낯익었다. '위층 분 가족이구나.' 나는 얼른 일어났다. 두 사람은 괜찮다며 더 있으라고 했다. 이웃 사람이라도 된 양 인사를 주고받았다.

"안녕하세요. 아빠 바로 위에 계셔서 봤어요. 나이도 같고 비슷한 날짜에 하늘나라에 가셨더라고요."

여자는 미소만 지었다. 괜한 얘기를 했나 싶어 민망했다. 빨리 자리를 뜨려는데 남자가 조용히 다가왔다.

"고맙습니다. 조심히 가세요."

눈시울이 뜨거워졌다. 주차장 쪽으로 걷다가 아빠에게 작별 인사를 안 한 게 생각나 뒤를 돌아봤다. 두 사람은 아직 거기에 있었다. 아빠의 영정 사진은 그들에 가려 보이지 않았다. 아빠 대신 보이는 그들의 뒷모습이 가만히 다정했다.

노분희

작가 노트

일을 하면서 한 남자를 사랑했다. 신혼 생활을 시작한 곳은 수원이었다. 금방 아이가 태어났고 엄마가 되었다. 수술하고, 내가 얼어붙었다고 생각했다. 그렇다고 가만히 있지만은 않았다. 집 근처 도서관으로 갔다. 빼곡히 차 있는 책장 앞에서 나는 서성였다. 단단하면서, 자유로워지고 싶었다. 동시에 잘살고 싶었다. 『살림/살이 경제학을 위하여』라는 책에 끌렸다. 수원시평생학습관 책 토론 모임에 참여하게 된 이유다.

오랜만에 낯선 사람들을 만났다. 오른편에 앉아 있던 그녀는 조용하면서 따듯한 인상이었다. 뭉근한 화롯불 같다고나 할까. 다른 분의 눈빛도 비슷했다. 내가 힘들 때라 다정한 사람들이 눈에 들어왔다. 책으로 사람을 만나면서 나는 조금씩 달라졌다. 백화점에 덜 가게 되었고 작은 책방들을 찾아갔다. 책을 읽고 나면 글을 쓴 사람이 궁금해졌다. 시민기획단 활동을 하면서 만난 저자들은 대개 글과 삶을 같은 궤도에 두려는 사람들이었다. 꾸밈없는 목소리와 표정에서 어떤 힘이 전해졌다.

북토크가 끝나고 학습관 게시판에 후기를 남겼다. 쓰면 쓸수록 어려웠다. 이번엔 노트북 하얀 바탕 앞에서 서성였다. 그러다 작은 책방 마그앤그래에서 글요일에 참여했다. 글쓰기로 만난 사람들은 뭔가 달랐다. 호기심으로 가득 찬 눈빛이었다. '열정'이라는 단어가 떠올랐다. 첫 합평 시간이었다. 화려한 묘사, 간결한 문장에 어떤 말을 보태야 할지 몰랐다. 내 마음을 적확하게 쓰고 싶었다는 건 확실했다.

2년여 동안 '초보 운전, 실수담, 내 안의 도깨비' 등 과거 시험 보듯 글감을 받았다. 우리는 글을 써 와서 모였고, 서로의 글에 관해 이야기를 나눴다. 솔직하게 쓴 글에는 감탄사가 나왔다. 용기라는 게 바로 이런 거라고 생각했다. 나도 그렇게 쓰고 싶었다. 현실은 바람과 달랐다. 말할지 말지 고민한 부분은 영락없이 티가 났다. 대개 다시 만나고 싶지 않았던 상황이었다. 말하지 않았고 말할 수 없었던 말들이 먼지처럼 뭉쳐 있었다. 글을 마무리해야 했다. 끝내고 싶을 때, 한 걸음 더 나아가야 했다.

묵은 감정이 글쓰기라는 체에 걸렸다. 여러 마음이 그 위에서 단어와 문장으로 드러났다. 대개 외면하고 싶어서, 깊이 담아 두었던 것들이었다. 속살을 드러낸 글의 낭독이 끝나고, 나는 울음을 참지 않았다. 그래도 될 것 같았다. 책을 읽고 사람을 만났다면, 글을 쓰면서 만난 건 '나'였다. 나를 만났던 길을 글 친구들과 함께 걸었다. 쓰는 시간이 마냥 고독하지만은 않았다. 이 글이 나를 어디로 데려갈지 나는 모른다. 그럼에도 '쓰는 사람'으로 남기를 희망한다. 묵묵한 마음을 한 사람에게 건네고 싶다.

못 먹어도 고(Go),

숫자보다는 감으로,

한다면 한다,

그래서 일이 많은 워킹맘

이영실

미술을 전공했다. 하지만 그림을 그리는 작가는 아니다. 중학교 1학년 딸과 초등학교 5학년 아들을 키우며 미술학원을 운영하는 워킹맘이다. 미술학원을 처음 시작했을 때, 10년쯤 후에도 그저 '원장님'으로만 있고 싶지 않았다. 올해로 9년 차.
머물러 있기보다는 새로운 것에 도전하고 성장하기 위한 배움을 즐긴다. 백남준아트센터 도슨트로 활동하고 있고, 그림 그리는 '작가'는 아니지만 글 쓰는 '작가'로서 성장하는 중이다.

인스타그램 @miso207_artedu
이메일 y_hoho207_s@naver.com

우리의 봄날

부르덜덜덜.

자동차 계기판의 빛이 흔들린다. 시동이 켜졌어야 했는데 기침하는 것처럼 콜록거리더니 이내 조용해진다. 흐릿한 불빛이 불안하다.

2009년에 만난 나의 첫 차는 이제 15살이 되었다. 집 앞으로 탁송되어 온 내 차. 한 달을 기다려 그렇게 만났다. 차를 살 땐 평범한 것을 사야 한다고, 검은색은 밤에 잘 안 보여서 위험하고, 흰색은 먼지가 잘 보여 관리하기 어렵다고 했다. 그래서 흔히 말하는 쥐색, 즉 어두운 회색을 골랐다. 연비가 좋다는 준중형 차 포르테를 샀다.

내 아이가 태어나기도 전, 내 인생에서 가장 빛났던 28살에 이 차를 샀다. 장롱면허를 8년이나 갖고 있었지만 바로 수원에서 서울로 출퇴근했다. 동대문 앞을 지날 때면 물건을 운반하는 오토바이 떼에 바짝 긴장했고, 차선을 바꿀 땐 차 머리를 먼저 들이밀고 깜빡이를 켜면서 끼어들어야 양보가 된다는 것을 배웠다. 그렇게 초보운전 딱지를 뗐다. 그 무섭다는 서울 길을 익히면서 출근했다. 주변 친구들은 아직도 서울은 복잡해서 운전하기를 꺼리는데, 겁 없던 그때부터 난 서울을 오가기 좋아했다. 그랬던 나의 싱글 삶은 결혼과 함께 화성 끝에 있는 시골길로 들어갔다.

시골 마당의 여름 햇볕은 너무 뜨거웠다. 자동차 시트도 뜨거워 쉽게 차를 탈 수 없었다. 겨울에는 앞 유리에 눈이 얼어붙어 뜨거운 물을 붓고 예열을 해 얼음을 녹여야 했다. 한참 시동을 켜놔야 꽁꽁 얼어붙은 차를 타고 외출할 수 있었다. 아파트 지하 주차장에서 추위와 더위를 모르고 지내던 나의 포르테는 지붕 없는 주차장에서 오롯이 계절의 시련을 다 겪었다. 그럼에도 그 시골에서 어디든 나를 데려다줬다. 1년 사이에 3만 킬로를 넘게 탔다. 흔히 택시가 1년에 그만큼 달린다고 하니 나도 참 많이 돌아다녔다. 그렇게 잘 나갔다. 나도, 내 차도.

차 안은 온전한 나만의 공간이었다. 안락했다. 커다란 창밖으로 보이는 세상의 사계절은 따뜻했다. 추울 땐 따뜻한 시트와 온풍이, 더울 땐 시원한 에어컨 바람이 나오는 나만의 맞춤형 공간에서 계절의 변화를 느낄 수 있었다. 주변 산들이 푸릇한 연둣빛과 핑크빛을 보일 때면 '봄이 왔구나.' 했고, 은행나무잎이 노랗게 변하고 낙엽이 되는 것을 보며 가을을 느꼈다. 벚꽃 구경도 단풍 구경도 늘 내 차와 함께했다.

삶의 무게에 지쳐 훌쩍 떠나고 싶을 때도 내가 가장 먼저 찾는 곳이 자동차였다. 유일하게 원하는 대로 움직여 줬고, 나를 데려다 줬다. 딱히 갈 곳 없이 방황했을 때도 함께였다. 아이가 태어나고 일하러 갈 때도 내 짐을 덜어 주고, 아이가 둘이 되어 같이 출퇴근하며 유치원 등·하원시킬 때도 누구보다 함께했던 것은 내 자동차였다.

15년이 지난 지금 21만 킬로를 탔다. 이제는 15분 남짓 되는 출퇴근길과 동네 마트만 오가고 있다. 차를 잘 관리한다고 했지만 15년이란 세월은 기계에도 수명을 닳게 만드는 것 같다. 어딘지 찾을 수 없는 곳에서 울리는 미세한 진동과 엔진 소리는 더 이상 고요하지 않다. 앞 범퍼는 주행 중에 맞은 작은 돌멩이에 여기저기 흉터가 나서 도색에 홈이 파이고, 접촉 사고로 수리했던 곳은 안쪽부터 녹슬어 페인트가 부풀어 올랐다. 이제는 써금써금하다. 핸들의 무늬는 닳아서 매끈해졌고, 좌석 시트는 낡아 갈라진 것을 방석으로 가려 놨다. 차 안에도 세월의 흔적이 쌓였다. 잘 나갔던 그때처럼 먼 길 가는 것이 때론 걱정스럽기도 하다. 자동차의 15년이면 어느 정도 나이가 된 걸까.

〈로봇 K-456〉은 백남준이 1964년에 만든 로봇 작품이다. 사람처럼 말하는 것을 표현하려고 라디오 스피커가 장착된 입에서는 존 F. 케네디의 연설이 나왔고, 걸으면서는 마치 사람이 배설하는 것을 표현하듯 콩을 배출하면서 거리를 다녔다고 한다. 백남준과 함께 공연했던 〈로봇 K-456〉은 1982년 뉴욕 휘트니 미술관 앞 사거리에서 교통사고를 당하면서 사망한다. 백남준은 이 사망 사건을 "21세기 최초의 참사"라고 했다. 로봇이 사망이라니. 백남준과 〈로봇 K-456〉은 18년 동안 공연을 함께했다. 그 세월을 보면 〈로봇 K-456〉을 하나의 기계로 보기보다 함께 공연한 동료로 봤을 것 같기도 하다. 15년간 함께한 나의 포르테처럼 말이다.

시동이 안 걸리면 어쩌지? 다시 한번 자동차 열쇠를 돌려 본다. 잔잔한 기침을 하며 다행히 시동이 걸린다. 덜덜덜. 다행이다. 아직은 나갈 수 있다.

영어권에서는 자동차를 '여자'를 지칭하는 'She'로 표현한다. 엄마처럼 포근하고 친구처럼 함께했던 그녀. 그녀가 지나가는 길마다 불빛이 켜진다. 요즘 지하 주차장은 차량이 지나갈 때 센서 등이 켜진다. 좋다. 인제 그녀는 뜨거운 햇볕이 내리쬐고 눈이 쌓이는 마당 대신 길을 밝히는 불빛까지 비춰주는 평온한 실내 주차장에 산다. 이렇게 나와 그녀가 함께한 15년. 우리는 지금 도심의 아파트에 살고 있다. 켜지는 불빛을 따라 올라간다. 띠롱띠롱 출차를 나타내는 벨 소리가 들린다. 계기판과 앞 유리를 통해 바깥세상이 보인다. 날이 좋다. 길 건너 어느 집 앞 오래된 목련 나무에 하얀 꽃송이가 만개했다. 사람들의 옷차림도 가벼워졌다. 봄이구나. 그녀와 이렇게 봄날을 구경하며 오늘도 나아간다.

구석의 검은 비닐봉지

냉동실 문을 열면 늘 마음의 짐처럼 한쪽 편을 차지하고 있는 검은 비닐봉지가 있다. 지난 추석 때 받은 선물이다. 이번 설을 앞두고 또 같은 선물을 받았다. 택배 송장에 적혀 있는 '보리 5미'. 처음에는 보리쌀이 왔나 했었다. 내용물은 분명 비닐 포장이 되어 있었다. 포장을 뜯기 전인데, 어디선가 쿰쿰한 냄새가 새어 나왔다. 내가 생각했던 '보리'는 그 '보리'가 아니었다. 굴비였다. 굴비 5마리가 끈에 엮여 가지런히 놓여 있었다.

나는 집에서 굴비 요리를 해 본 적이 없다. 아니, 이 냄새를 극복하고 요리를 어찌해야 하나, 해 보기도 전에 걱정이 먼저 됐다. 결국 다섯 마리 중에서 세 마리는 따로 담아 친정엄마 드리기로 하고, 남은 두 마리는 요리해 보겠다고 비닐봉지로 둘둘 말아 냉동실에 넣었다. 이 냄새를 빨리 봉지 안에 가두고 싶었다. 선물을 보내 준 지인에게는 감사하다는 말을 못 했다. 분명 맛있게 먹으라고 보내줬을 텐데. 어떻게 요리해 먹을까 고민하다가 인사할 시기를 놓치고 말았다. 어느 날 택배 오배송이 많아 확인 연락을 보낸다는 지인의 문자메시지를 받았다. 그제야 잘 받았노라고 인사했다. 선물을 받고도 기분이 좋지 않은 이상한 상황이었다.

초등학생 딸은 굴비를 나눠 담는 모습이 궁금해 구경 왔다가 냄새를 맡고 "나는 이거 안 먹을 거야."라며 도망갔다. 냄새는 고약하더라도 쉽게 맛볼 수 없는 음식이다. 딸이 도망가는 모습에 나도 모르게 이 맛을 알려 주고 싶었다. 식당에 가면 성인 손바닥만 한 굴비 한상차림이 15만 원은 넘는데, 이 맛을 모르다니. 딸내미의 말 한마디에 오기가 생긴 걸까. 냉동실 구석, 검정 비닐로 둘러싸 맨 그것을 꺼냈다. 마음 굳게 먹고 봉지를 열었다. 하아, 생긴 것도 못생겼고 어떻게 먹어야 하나 고민됐다.

식당에서 먹었던 기억 속의 굴비는 바싹하게 구워져 밥상 중앙에 주인공으로 당당하게 놓였었다. 짭조름하면서 달곰한 생선 살을 내주었던 굴비. 특유의 구릿한 냄새에 고소함을 더했던 그때의 그 맛. 씹을 때 꼬들꼬들, 질기지 않으면서 씹을수록 맛을 느낄 수 있었던 그날을 상상하며 요리법을 검색했다.

1. 쌀뜨물에 한 시간 담가 주세요.

생선의 냄새를 없애 주고 고깃살을 부드럽게 만들어 준단다. 쌀뜨물은 뭘까. 막상 쌀뜨물을 만들어 보라 하니 그 말이 생소했다. 쌀을 씻다 나온 물이 쌀뜨물일까, 쌀을 불려 우러난 물이 쌀뜨물일까. 대충 쌀을 씻어 물을 따로 담았다. 둘둘 말린 비닐에서 굴비 두 마리를 꺼냈다. 아얏! 지난 시간 나를 이렇게 냉동실에 처박아 놓았다고 화를 내는 건지 굴비 지느러미에 엄지손가락이 찔렸다. 피를 보았다. 못생긴 게 성질도 냄새도 고약하다. 두 마리 모두 꾹꾹

쌀뜨물에 담가 버렸다. 그리고 한 시간을 기다렸다.

2. 생선의 지느러미는 가위로 잘라주고 숟가락으로 비늘을 벗겨 주세요.

내가 어렸을 때 아빠는 엄마가 싸 준 도시락 하나를 나눠 드시면서 2~3일 낚시를 하셨댔다. 이렇게 잡아 온 생선은 아빠가 화장실 한쪽 구석에서 손질했다. 호기심이 많았던 나는 아빠 옆에서 구경했다. 자연스럽게 생물 시간이 되어 생선 속에 있는 공기주머니도 보고 그 속을 알게 됐었다. 생선 비늘을 벗길 때는 사방으로 비늘이 튀었다. 칼등으로 벅벅 긁는 소리는 마치 칠판을 손톱으로 긁는 것처럼 뭔가 소름 돋았다. 아빠는 생선 손질을 마치고 다 치우셨다고 생각했을 것이다. 하지만 화장실 볼일을 볼 때면 누구보다 멀리 튀어 화장실 벽에 홀로 붙어 있던 비늘을 꼭 마주했다. 난 그 비늘을 보면 배를 갈라 손질하던 생선이 생각났고, 비릿한 냄새가 떠올라 인상을 찌푸리곤 했다. 그랬던 내가, 비늘을 벗겨야 한다니. 엄마가 되면 뭐든 다 하게 된다는 게 이런 건가 보다.

어디로 튈지 모를 비늘을 숟가락으로 살살 벗겼다. 싱크대 여기저기로 튀어 나가는 비늘들. 물을 틀어 놓고 손질하니 좀 나은 것 같다가도 어느 순간 얼굴에 비늘 한 점이 탁 튄다. 으!

3. 냄비에 담아 20분 정도 쪄 주세요.

녹차 티백 한 봉지를 물에 넣고 같이 쪄 주면 생선에서 냄새가 덜 난단다. 이제 냄비에 넣어 쪄 주면 끝나는 거다.

20분을 쪄낸 굴비를 마주했을 때, 처음에는 뽀얗게 우러나온 물에 놀랐다. 사골 국물처럼 우러난 물은 굴비가 맛있을 것 같다는 기대감을 줬다. 하지만 쪄내면서 터져 버린 내장 때문에 여기저기 거뭇거뭇해진 생선의 모양새나 배 속이 훤히 보이는 모습은 저절로 인상을 쓰게 만들었다.

4. 프라이팬에 기름을 두르고 구우면 더욱 맛있게 먹을 수 있어요.

이왕 여기까지 왔으니 더 맛있게 먹어야 했다. 프라이팬에 기름을 두르고 지글지글, 노릇노릇 구웠다. 생선 굽는 냄새는 고등어가 제일이라 들었다. 굴비를 기름을 두르고 구우라 했는데, 튀겨지고 있었다. 지글지글 작은 기름방울들이 터지면서 공기 중에 둥둥 떠다니다 내 몸에 내려앉았다. 내가 굴비가 되는 것 같았다. 조금만 참자. 다 왔다.

노릇노릇 기름에 튀겨진 껍데기는 살짝 여기저기 부풀어져 바삭해 보였다. 커다란 굴비 두 마리를 살이 부서지지 않게 접시에 담았다.

백반에 나오던 조기가 아닌 커다란 굴비라 살코기 바를 맛이 났다. 아들은 자신이 살코기를 떼어 보겠다며 먼저 용기 있게 나섰다. 따뜻한 밥과 함께 한 입. 살코기를 바르며 나도 한 입.

"맛있지!"

맛있었다. 아들에게 맛있음을 강요하듯 나도 모르게 말이 나왔다. 아니, 이렇게 고생했는데 맛있어야 했다. 이 맛에 사람들이 먹는구나. 그래서 비싸구나. 모든 것이 용서됐다.

"밥이랑 같이 먹어."

너무 굴비 살코기만 먹는 아들의 모습에 나도 모르게 밥이랑 먹으라는 말이 나왔다. 보통은 짤까 봐 밥이랑 같이 먹으라고 할 텐데 말이다. 피를 보며 손질한 굴비가 순식간에 사라지는 게 마음 아팠다.

먹다 보니 굴비 뼈도 씹힌다는 걸 알았다. 쪄서일까, 기름에 구워서일까. 얇은 부분은 바삭했고 가시도 간자미찜처럼 부드럽게 씹혔다. 이래서 머리까지 씹어 먹는다는 말이 있나 보다. 순간 굴비 머리를 봤다. 바싹 튀겨진 모습에 씹어 먹을까도 싶었지만 그렇게까지 하고 싶지는 않았다. 두 마리 굴비가 한 끼 식사에 순식간에 사라졌다.

명절에 '보리 5미'를 받고 요리해 먹어 본 사람들은 분명 "잘 먹었다.", "고맙다." 했을 것이다. 이번에는 지인에게 연락이 오기 전 먼저 연락했다. "새해 복 많이 받으세요. 잘 지내시죠? 선물 잘 받았어요! 너무 맛있었어요!" 형식적이면서도 진심이 담겨 있는 말이었다.

추석 때 받은 것은 해치웠고, 이제 다시 5마리의 굴비가 봉인되었다. 먹을 땐 즐거웠는데, 다시 봉인된 봉지를 보니 또 마음의 짐이 생겼다. 언제 다시 꺼내 먹을 수 있을까. 또다시 냉동실 한쪽에 자리 잡은 검은 비닐봉지. 시베리아 찬바람에 온 집 안 보일러가 돌아가더라도 검은 비닐의 그것을 봉인 해제하면 꼬들꼬들하고 씹는 맛이 고소한 그 맛을 다시 만날 수 있으리라.

매일 해는 뜬다

5, 4, 3, 2, 1!

2024년 1월 1일 00시. 새해를 알리는 제야의 종이 울리기 시작했다. 푸른 용의 해라는 올해는 또 어떤 한 해가 될까. 많은 사람이 종로 보신각에 모여 새해의 시작을 기뻐하는 모습을 텔레비전으로 볼 수 있었다. 이 종소리가 뭐라고, 나는 새해를 맞이할 때 이 종소리를 꼭 들어야 했다. 그래야 지난 1년의 세월이, 마치 한 권의 책을 다 읽은 것처럼 마무리되었다. 인생을 살면서 한 해를 마무리하는 나만의 행사였다.

이렇게 한 해가 또 지나갔다.

중학생이 된다는 설렘 때문일까, 아직 어리기 때문일까. 어지럽게 흩어져 있는 이불 사이에서 이제 초등학교를 졸업한 딸은 무엇이 그리 좋은지, 기뻐하며 새해를 반겼다. 딸내미는 여기저기 문자메시지를 보내면서 새해를 즐겼다. 나도 학창 시절엔 12시가 '땡' 하는 그 순간 모든 사람에게 문자메시지를 보내며 인사를 했었다. 40대가 되니 이상하게도 기념일에 무뎌지고, 오늘 같은 날의 특별함도 희미해져 그저 익숙한 하루일 뿐이었다.

"12시가 넘었네, 언제 잘 거야? 얼른 잘 준비해."

기뻐하는 딸에게 내가 하는 말이라곤 새해를 즐기는 흥겨움도 기쁨을 나누는 말이 아닌, 그저 하루하루 반복하는 일상의 말이었다. 참 낭만도 없지. 추운 날씨에도 보신각에 직접 찾아가 종소리를 듣지는 못할망정, 새해를 축하한다는 덕담 대신 건네는 말이 "잠 잘 준비해."라니.

텔레비전에서는 사람들에게 새해에 대한 기대감을 인터뷰하고 있었다. 다들 웃는 얼굴로 올해는 더 좋은 일, 기쁜 일이 생기고, 하는 일도 잘되기를 바란다고 말했다. 그렇게 그곳은 축제 분위기였다.

다행히 새해 첫날에는 눈이 내린다고 했다. 해돋이를 보러 가지 않아도 되는 명분이 생겼다. 사람 많고 추운 건 당연한 일이겠지만, '일찍 일어나지 못할 것 같아서'가 해돋이를 보지 않는 가장 큰 이유였다. 아침잠 많은 초등학생 두 아이를 힘들게 깨워서 해돋이 명소에 간다고 해도 주차할 데를 찾지 못해 헤맬 것이 뻔했다. 버스를 타고 산으로 간다고 해도 많은 인파에 해돋이는 제대로 보이지 않았을 것이다. 그 모든 상황이 상상됐다. 절레절레, 누가 물어본 것도 아닌데 나도 모르게 고개를 흔들었다. 역시 해돋이는 가지 않는 것이 나을 것 같다. 그나마 위안이 된 것은 집이 동향이라 베란다를 통해 해돋이가 보인다는 점이었다.

올해의 해돋이는 이부자리에서 잠결에, 그냥 그렇게 맞이했다. 처음 눈을 떴을 때는 아직 어둠이 깔려 있었다. 아직 해가 뜨려면 시간이 더 필요했다. 두 번째 눈을 떴을 때는 날은 밝았으나 눈이 내리려는지 흐린 날씨에 구름이 깔린 게 보였다. 해 뜨는 것을 못 본다는 아쉬움도 있었지만, 해는 안 보이겠구나 생각하고 다시 눈을 감았다. 세 번째 눈을 뜨니 건물과 구름 위로 빨갛게 달아오른 아침 해가 떠 있었다. 태양은 따뜻했고, 만나니 반가웠다.

우리의 새해는 여느 때와 다름없는 휴일 아침이었다. 끝도 새로운 시작도 없었다.

새해 첫날의 뉴스에는 무슨 내용이 나올까. 세계 각국의 새해를 맞이하는 이야기, 늘 그런 정치, 경제 소식에 이어 안타까운 교통사고 소식이 전해졌다. 새해를 맞이하러 갔다 돌아오는 길에 일어난 사고였다. 한 가족이 탄 차량을 트럭이 박은 것이다. 트럭 운전사가 졸음운전을 했을 것이란다. 이 사고로 10대 청소년이 사망했다고 한다. 한 해를 보내고 새해를 맞이하러 갔을 가족들. 떠오르는 해를 보며 새로운 출발을 약속했을 텐데 이게 무슨 말도 안 되는 상황이란 말인가. 10대 청소년이란 말에 이제 막 초등학교를 졸업한 딸이 떠올랐다. 자연스럽게 내가 그 상황이 됐을 때를 생각하게 되면서 일면식도 없는 가족들의 일에 가슴이 아팠다.

죽음은 불쑥 찾아온다. 몇 년 전 한 해에 두 번의 수술을 했다. 흔한 자궁근종이 내게도 있었다. 산부인과에 정기 검진을 갔다가 발견했는데, 혹의 크기가 줄지 않고 아기 자라듯 커졌다. 그래서 수술해야 했다. 의사 말만 들어서는 대단한 수술이 아닌 듯해서 그냥 둘째를 낳은 동네 산부인과에서 수술하기로 했다. 그런데 수술 시간은 예상보다 1시간 더 길었고, 입원 기간도 하루 더 길어졌다. 수술 전에 들었던 것처럼 간단한 상황이 아니었다. 근육처럼 있었어야 할 혹이 푸딩 같았다는 의사의 말. 어쨌든 평범하지 않았다는 것이다. 조직검사에서 희귀암일 수 있다는 말을 들었다. 그럴 경우 국내에 몇 케이스밖에 없고, 악성일 경우 시한부일 수도 있다고 했다. 더 정확한 결과를 위해 대학병원으로 샘플을 가져갔고, 조직병리검사에 들어갔다.

암이거나 아니거나, 50퍼센트의 확률. 남의 얘기로만 듣던 상황이 나한테도 왔구나. 현실이구나. '나에게 왜 이런 일이?' 같은 식상한 레퍼토리보다 현실을 봤다. '그렇구나.' 받아들여야 했다. 의사의 말에서 '희귀암'이란 말보다 '시한부'라는 말이 더 충격적이었다. 당연히 꼬부랑 할머니가 돼서 죽음을 맞을 거로 생각했던 것일까. 내 죽음이 당장 6개월 앞으로, 아니 더 빠를 수도 있다는 생각에 아직 해 줘야 할 것이 많은 아이들이 먼저 떠올랐다. 그럴 때마다 눈물이 쏟아졌다. 죽음을 생각한 적이 없었다. '시한부'가 된다면 무엇을 더 해야 하는 것일까. 이런 경우 암일 확률이 크다는 경험 많은 간호사의 말을 들으면서도 아닐 거라고 생각했지만, 만약을 대비해야 했다.

결과가 나오기까지 2주의 시간. 결과야 어찌 됐든 수술이든 치료든 받아야 하니 나 대신 일할 사람을 찾아야 했다. 구인 공고를 올렸다. 면접을 봤다. 검사 결과가 좋을 수도 있지만, 내가 치료를 받게 되면 출근하는 조건으로 대리 원장을 뽑았다. 나는 죽을 생각을 하면서도 살 궁리를 하고 있었다. 결과가 나오는 2주의 시간 동안 난 살아갈 날을 위한 대책을 찾고 있었다.

다행히 암은 아닌 희귀근종, 이것 역시 국내에 몇 안 되는 케이스였다. 〈유 퀴즈 온 더 블럭〉에 나올 만큼 수술을 잘하시는 대학병원 산부인과 교수님께 다시 수술받았다. 그런데 깔끔하게 수술한 교수님이 억울해할 정도로 근종은 또다시 너무 많이 생겼다. 씨앗이 뿌려진 것처럼 또 생길 수 있는 상황이었다. 수술이 무의미한 상태였다. 교수님은 안 좋은 사례를 말씀하시며 지금 내 상태가 사는데 문제는 없으니, 문제가 생기면 그때 수술하자고 했다. 뭐, 특별히 아프거나 불편한 것이 없는 것은 사실이다. 몸속에 있는 이것들이 문제가 되는 순간이 언제일지 이것 역시 시한부다.

나는 살고자 하는 사람이었다. 두 아이를 두고 떠나는 순간까지 '오늘'을 열심히 살고자 했다. 나의 죽음이 아닌 타인의 죽음 역시 생각하지 못했다. 한 해의 '끝'과 '시작'이 만나는 순간에 삶과 죽음을 함께 겪었을 사람들의 교통사고 뉴스는 앞으로 1년의 '새해'가 아닌 '오늘'을 바라보게 했다. 평범함이든, 특별함이 있든 지금의 오늘을 말이다. 새해 다짐, 새해 계획도 살아 있을 때의 이야기다. 올해의 마지막 날에는 어떤 모습을 하고 있을까.

그렇게 새해를 또 기다려 본다.

이영실

작가 노트

큰 수술 몇 번 하고 나니, 먼 미래라 여겼던 '죽음'의 순간이 가까이 있을 수 있다는 사실을 깨닫게 됐다. 당장 내일 죽는다 해도, 현실은 '삶'의 순간을 멈출 수 없고 생계를 이어 가기 위해 움직여야 했다. 쉴 틈이란 없었다.

'살아 있음'을 일을 하면서 느끼고 있다. 살아가기 위한 '살아 있음'이다. 더 행복하고, 풍요롭게 살아가기 위해 힘든 마음을 털어내고 싶었다. 그중 하나가 글쓰기였다.

처음에는 줄리아 카메론의 『아티스트 웨이』를 읽고 아침에 일어나면 떠오르는 대로 생각을 쓰는 '모닝 페이지'를 실천했다. 그저 생각나는 대로 연습장 한 장을 꽉 채웠다. 반복되는 고민과 생각, 반성하는 모습, 미안한 마음, 앞으로의 다짐 등등. 답답함이 머릿속을 맴돌 때 글을 쓰다 보면 생각의 무게는 홀가분해졌고, 마음은 차분해졌다.

그렇게 시작한 글쓰기에는 그 당시 가장 힘들게 고민했던 내용들이 담겨 있다. 그것으로 무엇이 문제인지 알 수 있었다. 글쓰기는 살아가려고 애쓰는 나의 모습과 생각을 담아내는 창구였고, 기록으로 남겨지는 그 순간은 특별하게 바뀌었다.

그렇게 살아가는 모든 순간에 특별함을 담고 싶어 글을 쓰게 되었다.

모든 순간의 기억이 사라지지 않게 기록으로 남기고 싶다.

물지 않아요.

해치지 않아요.

말투만 그래요.

임정명

하루하루 살아가기 바쁘다고 했지만, 한 달에 한두 권 책 읽기를 놓지 않았다. 팬데믹 때문에 2020년 말부터 하루 대부분을 독서와 각종 온라인 강의에 폭 빠져 지냈다. 읽고 공부할수록 더 알고 싶은 게 많아졌다. 내가 이렇게 호기심 많은 사람이었는지 새삼 알게 되었다.

사라진 1년

이불을 뒤집어쓰고 벽시계를 바라본다. 고장 난 뻐꾸기가 문 앞에 서 있다. 몸체가 나무였나, 플라스틱이었나. 추가 달린 시계의 바늘이 9시 30분을 가리키고 있다. 10시까지라고 했었나, 11시까지라고 그랬나. 울음이 멈추질 않는다. 다시 이불을 뒤집어쓴다.

어제까지 골목에서 함께 놀던 친구들이 모두 학교로 갔다. 홀로 남겨진 동네는 텅 빈 것 같다. 다시 시계를 바라본다. 눈물에 얼룩진 시야가 흐리다. 아직도 9시 30분이다. 도통 시간은 흐르지 않는다. 이불을 뒤집어쓴 나는, 까무룩 잠이 든다.

팬데믹이 시작되고 4년이 지나도록 코로나에 걸리지 않았다. 가족이 모두 환자가 되었을 때도 무사했다. 그런데 인제 와서 확진자가 되다니. 처음 이틀은 견딜 만했다. 3일 차가 되자 코가 막히고 가래 기침에 열이 났다. 입맛도 없고 식은땀이 났다. 뜨거운 물에 밥을 말아서 젓갈 몇 점을 얹으면 그나마 먹을 수 있었다. 잠에 들었다가 깼다가를 반복했다. 마치 가까운 사람이 죽거나 이별해서 대성통곡한 기분이었다. 너무 울어서 코가 막혀 버린, 그런 느낌.

언젠가 이렇게 엄청나게 울었던 날이 있었던 것 같은데. 언제였더라. 아빠가 돌아가셨던, 내 열아홉도 아니다. 새아버지나 시어머니가 돌아가셨을 때도 아니다. 그보다 더 오래전, 여덟 살. 문득 그

때가 생각났다.

친구들은 10시까지 입학식에 가고 나만 남겨졌던 그 먼 과거의 기억이 느닷없이 되살아났다. 움직이지 않던 시곗바늘은 부모님이 멈춰두었기 때문인 것을 나중에야 알았다.

나는 1970년생이다. 그런 내가 1971년생으로 살아야 한다는 것을, 친구들의 입학식 날 알게 된 것이다. 서울 천호동에서 나고 자랐는데 출생신고를 왜 전라남도 장성에 사는 큰아버지가 했는지, 거기다가 왜 1년이나 늦게 했는지 어린 나는 이해할 수 없었다.

큰아버지의 막내아들인 한 살 어린 사촌도 출생신고를 1년 늦게 했다. 하지만 지방은 서류와 상관없이 학교에 보내면 받아줬다. 서울은 주민등록상 나이로 입학해야 했기 때문에 결국, 사촌 동생과 같은 학년이 되었다.

외가에도 한 살 어린 사촌이 있었는데 걔는 '빠른' 연생이어서 나보다 한 학년 위가 되었다. 친척이 모일 때면 내게 절대로 언니라고 부르지 않았다. 억울했다.

입학해서도 문제였다. 비록 1년 차이였지만 내 눈에는 같은 반 아이들이 코흘리개로 보였다. 어울리고 싶지 않았다. 한 살이 많은 나는, 모든 면에서 다른 애들보다 잘해야 한다고 생각했다.

세월이 흐르면서 다른 아이들보다 당연히 성적이 떨어질 때도 있었다. 그럴 때면 자존심이 상했다. 한 살 많은 내가 뒤처지다니. 친구를 사귀고 싶은 마음도 들지 않았다. 동생들과 친구는 무슨 친구야. '빠른' 연생으로 학교에 들어온 애들은 2살 터울인 내 동생과 동갑인데.

울면서 시계를 바라보던 그 순간을 제외하면 여덟 살 언저리의 기억이 전혀 없다. 마치 사라진 것처럼. 유치원도 학원도 다니지 못하던 시절이기에 아마 학교는 빨리 가고 싶은 곳이었을 것이다. 학교에 가지 못하게 되었을 때, 어린 나는 충격을 받지 않았을까. 그래서 그 시절 기억이 없는 것은 아닐지.

중·고등학교 때는 선배들에게 절대 언니라고 할 수 없었다. 그러다 보니 '언니'라는 호칭은 내 인생에 없는 단어가 되었다. 50세가 넘은 지금까지 가까이 지내는 누구에게도 언니, 동생이라는 호칭을 잘 쓰지 않았다. 도대체 왜 그랬는지 이유를 몰랐는데 글을 쓰면서 비로소 알게 되었다.

사실 살면서 내내, 매사 나이를 의식하는 건 피곤한 일이었다.

세월이 흐르니, 언니와 동생을 말하지 못했던 불편함은, 생각지도 않은 장점이 된다. "○○아!", "○○ 언니!" 대신 "○○ 님!"이라고 부르면서 누구와도 나이와 상관없이 동등한 관계로 만날 수 있게 된 것이다. 어떤 사람인지는 나이와 별 관계가 없다는 것도 살다 보니 알 수 있었다. 나이가 서열이 되는 나라에서 다양한 나이의 사람들과 좋은 관계를 맺을 수 있다는 것은 삶을 풍요롭게 한다. 일부러라도 학교에 늦게 들어갔어야 했나 보다.

어릴 때 알았다면 좋았겠지만, 지금이라도 알아서 얼마나 다행인지. 100세 시대가 아닌가. 권위적인 '꼰대'는 되고 싶지 않다. 내 여덟 살의 1년은 사라졌다고 생각했다. 그러나 그 1년은 사라지지 않고 지금의 나를 만들었나 보다.

침대에 누우니 코는 자꾸 막히는데 여덟 살의 기억으로 들어가는 통로는 막힘이 없다.

그 기억 속에서 상상한다.

부모님이 잘못된 호적을 바로잡는다. 정정이 힘들다면 악다구니를 써서라도 아이를 제 나이에 입학시킨다. 그전에 고등교육을 받은 전라도의 큰아버지가 초등학교만 나온 동생의 삶에 관여하지 않는다. 그래서 우리 부모님은 제때 서울에서 아이의 출생신고를 한다.

제 나이에 학교에 들어간 나는 뭐든 잘해야 한다고 생각할 필요가 없다. 많은 친구를 사귀고 주위에 언니도 동생도 많다.

그렇게 사는 삶은 어떨까.

낙원의 밤

한때는 자주 가던 일본에 발길을 끊은 지 만 4년, 느닷없이 여행 얘기가 나왔다. 남편 생일 기념 여행. 시간 맞추기 힘든 20대 아들딸과 함께 가려면 가까운 일본이 좋았다. 앉은 자리에서 비행기와 숙소 예약까지 했다. 아들에겐 맛집을, 딸에겐 일정을 맡겼다.

'언제부터 나한테, 여행이 이렇게 쉬운 일이 된 거지?' 내가 기억하는 인생의 첫 여행, 갑자기 그 섬이 생각났다. 인천 연안여객터미널에서 1시간쯤 배를 타고 가야 하는 섬. 하필이면 그 섬으로 왜 갔는지는 생각나지 않는다.

스물다섯의 여름, 엄마를 모시고 동생과 함께 덕적도로 향했다. 남들 다 가는 여름휴가 흉내라도 내고 싶었다. 지난한 일상에서 벗어나고 싶었다.

부엌문을 열면 바로 사람들이 오가는 길이었다. 세 사람이 쉬지 않고 뭔가를 계속했지만, 삶은 달라지지 않았다. 우리 가족에게 여행이란, TV 드라마 속에서나 볼 수 있는 일이었다.

40대 중반인 엄마는 돈 버는 재주라고는 눈곱만큼도 없었다. 그저 돈 안 되는 일을 성실하게 할 뿐이었다. 죽은 남편을 대신해서 자식 입에 풀칠이라도 하려면 그래야 했다. 가진 것도 없고 가방끈도 짧은 엄마는 마흔한 살에 남편마저 잃었다. 10대 후반의 남매와 함께 세상에 던져져 허덕이며 살았다.

삶에 힘겨워하는 엄마를 보며 딸은 홀로 서야 했다. 일찍 철이 든 딸은 하루만이라도 엄마에게 바람을 쐬게 해 주고 싶었다. 그래서 향한 곳이 그 섬이었다. 아름다운 섬이라고 했다. 배를 탄 사람은 많았다.

섬에 발을 디디고 나서야 알았다. 당일에 그 섬에서 나올 방법이 없다는 것을. 너무나 많은 사람이 섬을 빠져나가기 위해 대기 중이었다. 도착하자마자 출도하는 줄을 선다고 해도 다음 날이나 순서가 될 터였다.

우선 숙소를 알아봐야 했다. 이리저리 돌아다녀 봤지만, 우리가 묵을 곳은 없어 보였다. 가진 돈이 적어서 자신 있게 알아보지도 못했다. 행여 큰돈이 있었다면 결과가 달라졌을까?

아름답다는 섬을 구경도 못 해 보고 날이 어두워졌다. 우리 셋은 망연히 바닷가 모래밭에 주저앉았다. 출렁이는 검푸른 물결 위로 금빛이 번들거렸다. 늦은 시간인데도 요란한 여름 노래가 쿵쿵 울렸다.

다른 이들도 모래밭에 점점이 앉아 있었다. 숙소를 얻지 못한 상황은 같았지만, 그들은 웃고 있었다. 어쩌다 당한 일이 재미있기라도 한 듯이.

우리는 웃을 수 없었다. 서로 이야기를 나누지도 않았다. 이 상황은, 우리 삶이 비참하다는 것을 확실하게 보여 주는 듯했다. 잠이 오지 않았다. 아무것도 깔지 않은 모래밭에 비스듬히 누워 잠을 청하기엔 바람이 찼다. 하염없이 검은 바다만 쳐다보며 앉아 있었다.

어릴 적, 학교에서 항상 주목받던 나였다. 성적도 좋았고 음악과 미술에도 소질이 있었다. 선생님들이 예뻐하는 우등생에 임원을 도맡았다. 단지 무척 가난하다는 단점이 있을 뿐. 그러다 고등학교 2학년 봄에 아버지가 돌아가셨다. 내게 미래를 조언해 줄 어른은 없었다. 엄마는 내가 의지할 사람이 아닌 보호해야 할 사람이었다. 좋은 성적에도 대학을 지레 포기하고 간호조무사가 되었다. 나는 우리 집의 정신적인 가장이 되었다.

똑똑한 딸이며 누나인 나를 엄마와 동생이 바라보고 있었다. 섬에 데려갔으니 이 상황도 해결하겠지 하고.

당시 나는 친구에게 사기를 당해 신용카드 돌려막기와 카드깡에 허덕이고 있었다. 가족에겐 말하지 못하고 혼자 힘들어하는 헛똑똑이였다. 비참한 삶을 저 검은 바다에 던져 버리고 싶었다.

며칠 뒤, 비슷한 시기에 덕적도로 휴가를 갔었다는 남자를 만났다. 이모가 소개한 그 사람은 그을린 피부에 지나치게 통이 넓은 바지를 입고 있었다.

내 인생의 반려자를 만난다면 나와 다르지 않은 환경일 것이라 생각했다. 불행이 배가 되는 것을 원하지 않았다. 그래서 누구에게도 마음 한 자락 내어 주지 않았다. 차갑고 야멸찬 나를 묵묵히 참아 낸 그 남자. 그와 이제 이십구 년을 살았다. 어쩌면 그 여름의 덕적도가 우리 인연의 끈이었는지도 모르겠다.

제대로 확인하지 않고 비행편 예매를 한 바람에 곤란한 일이 생겼다. 출국할 때는 김포공항, 귀국할 때는 인천공항이라는 것이다. 취소나 변경을 하면 수수료가 엄청나다.

항상 운전해서 공항으로 갔었는데 이번엔 안 된다. 멀미가 심한 나는 짜증이 났지만, 생각을 바꾸기로 했다. 공항 콜밴을 이용하는 것이다. 비용이 만만치는 않지만, 비행기표를 취소하는 것보다 경제적이다.

많은 여행을 했지만, 아직도 변수가 있다. 더구나 이번 여행은 완전한 자유여행이다. 출발부터 새로운 방법이라 더 설렌다.

그 밤, 그 섬에서 어두운 물 밑으로 들어갔다면 지금의 삶은 없었겠지. 쉽게 여행을 떠나는 삶도 누릴 수 없었겠지.

살아 있기를 다행이다.

술장 앞에서

저녁 식사를 마친 남편이 술장 앞으로 간다. 잔 두 개와 반쯤 마신 위스키 한 병을 가져온다. 부부가 마주 앉아 위스키를 음미하는 이 시간, 왠지 성공한 사업가 느낌이다.

작년 6월, 남편 생일이었다. 아들이 딸과 함께 선물을 준비했는데 그게 위스키였다. 아빠 생일을 핑계로 자기가 마시고 싶은 것을 산 것이 분명했다.

그날 이후 관심이 생긴 남편은 유튜브로 위스키의 역사, 제조 방식 등을 열심히 공부했다. 그러고는 집 한쪽에 술장을 만들어 위스키를 모으기 시작했다. 뭐 하나 사려면 결정하는 데 오래 걸리는 평소 남편 모습과는 대조적이었다.

계속 옹색하게 살지는 말아야겠다고 생각한 것은 10여 년 전, 그 사건 이후다. 추웠던 12월의 어느 새벽, 휴대전화 벨 소리에 잠이 깼다. 남편은 귀금속 전문점을 운영했는데 경비업체에서 온 전화였다. 가게가 털렸다고 했다.

어두운 새벽, 우리 가게만 환하게 밝았다. 경비업체 직원과 경찰, 형사, 그리고 방송 기자 들까지 와 있었다. 도난 규모는 자그마치 억 단위였다. 순금 위주로 털어 갔기 때문에 찾을 가능성은 희박하다고 했다.

당시 뉴스에는 귀금속 전문점의 도난 사건이 많았다. 대낮에 망치를 들고 들어가 사람을 해치는 일도 있었다. 거기에 비하면 남편이 무사해서 다행이었다. 남편 목숨을 돈에 비교할 수는 없었다. 도난당한 물건을 못 찾더라도 살아갈 수 있었다. 다행히 빚도 없었다. 결혼 초기에 비하면 상상할 수 없이 넉넉한 삶을 살고 있지 않은가. 그렇게라도 생각하며 의연해지려 애썼다.

하지만 남편은 달랐다. 여섯 살에 아버지가 돌아가신 7남매의 여섯째. 남편은 전라도에서도 남쪽 끝인 진도에서 나고 자랐다. 스무 살 무렵, 열두 살 많은 큰형이 자리 잡은 군포로 올라와 공장에 다녔다. 국어를 좋아하던 문학 소년의 꿈은 가난에 발목을 잡혔다.

시대 상황이 좋지 않던 그때, 공장에서의 노동운동이 또 발목을 잡았다. 감옥과 군대라는 선택지 앞에서 청년은 군대를 선택할 수밖에 없었다. 제대 후, 군 동기의 소개로 인천에서 금은방 보조가 된다. 6개월 후, 그곳을 나와 한 건물 지하에 있는 보훈 매장 한쪽 구석, 한 평 남짓한 가게에서 물건 몇 개를 놓고 장사를 시작했다.

그렇게 차곡차곡 쌓아온 노력의 결과를 한순간에 잃어버린 것이다. 남편은 잠을 이루지 못했다. 무사해서 다행이라는 나의 위로는 도움이 되지 않았다. 도둑이 침입해서 물건을 털어 가는 모습을 CCTV로 볼 땐 더욱 허탈해했다.

검정 마스크와 장갑, 검정 패딩을 입고 모자를 푹 눌러 쓴 두 사람이 물건을 쓸어 담았다. 1분이 채 안 되는 시간이었다. 순간, 그들의 패딩 어깨 뒤쪽에 새겨진 글씨가 또렷이 보였다.

〈THE NORTH FACE〉

부모의 등골을 빼먹을 만큼 비싸다고 해서 '등골 브레이커'로 불리던 그 노스페이스였다. "햐, 도둑놈도 노스페이스를 입네." 남편이 한마디 했다.

아끼며 사느라 남편의 옷은 늘 아웃렛 매장에서 90% 세일할 때만 샀다. 그렇게 아껴서 비싼 옷 입은 도둑에게 안겨준 꼴이라니. 지금까지도 CCTV 속 그 '노스페이스'는 잊히지 않는다.

일주일 후, 물건 일부를 찾았다. 아직 못 찾은 물건이 있었지만, 남편을 끌고 집 근처 백화점에 갔다. 평소라면 절대 사지 않았을 유명 브랜드로 남편 등산복을 샀다. "에이, 얼마 안 되네. 이 정도면 껌값이지."라는 내 장난에 우리는 함께 웃었다. 백화점 카드를 만든 김에 사고 싶은 거 다 사라고 남편이 말했지만, 이후 오래도록 그곳엔 가지 않았다. 자주 가던 곳이 아니라 불편했고 비싼 가격도 마음에 들지 않았기 때문이다.

한 달 정도가 걸렸지만, 결국 나머지 물건도 찾았다. 천운이라고들 했다. 물론 범인도 잡혔다. 우연히 장물아비를 잡았는데 도둑과 형제였다. 자세한 이야기를 하자면 너무 길다.

시아버지와 내 아버지 두 분 모두, 마흔일곱에 돌아가셨다. 그 사건을 당했을 때 남편의 나이도 마흔일곱이었다. 어쩌면, 인생을 다시 시작하는 순간이 아니었을까!

어릴 땐 가난했고, 결혼해서는 앞만 보며 달려온 우리에게 그 사건은 숨 고르기 할 기회였다. 무조건 모으기만 하지 말고 쓸 때는 좀 쓰라고.

느닷없이 아들이 집에 온 어느 날, 맛있는 안주를 배달시키고 네 식구가 식탁에 둘러앉는다. 아빠와 아들이 술장 앞에서 술을 고른다. 아빠는 모은 술을 아들에게 자랑한다. 아들을 통해 알게 된 위스키의 세계는 아빠에게서 확장되고 공통 화제가 된다.

위스키에는 '생명의 물'이라는 뜻이 있다고 한다. 마시면 몸이 따뜻해져서 피가 돌기 때문일까. 알코올 도수가 높아 소독되는 느낌이라서 그럴까.

싱글몰트 위스키는 보리를 발아시켜 건조한 다음, 증류하고 참나무통에 넣어 오랜 시간 숙성한다. 그 과정에서 다양하고 풍부한 향과 맛이 생긴다. 도수가 높아 숙취가 심할 것 같지만, 증류 과정에서 숙취 유발 물질이 대부분 제거된다고 한다. 복합적인 독특한 향과 뜨끈한 목 넘김에 숙취마저 덜하니 좋을 수밖에.

치열하고 성실하게 살아온 부모는 이제 자식들과 함께 '생명의 물'을 즐긴다. 여유롭게 옛이야기를 한다. 숙성 햇수가 오랠수록 값어치가 올라가는 위스키처럼 부모의 과거는 굴곡지고 깊다. 자식들은 그런 부모를 웃으며 바라본다. 이제 우리에게 '후회'라는 숙취는 없다.

언덕 위 버스 정거장

"저 사람들은 뭣 때문에 그러는 거야?"

딸의 질문에 TV 화면을 바라본다.

사람들이 소리를 지르며 뒤엉켜 있다. 전철의 출입문이 엉거주춤 열려 있어서 나오지도 들어가지도 못한다. 휠체어에 앉아 있는 사람의 얼굴이 처절하게 일그러져 있다.

"무슨 이유로 시위하는 거냐고!"

"글쎄다."

몸이 불편한 저들이 하필이면 출근 시간에, 하필이면 시민의 발인 전철역에서 시위하는 절실한 이유가 뭘까. 내가 당한 일이라면 짜증부터 날 텐데. 뒤엉킨 그들을 좀 더 자세히 바라본다.

어, 저 얼굴, 아는 사람인가? 아니, 얼굴이 아니라 어떤 이름이 떠오른다.

'인경이', '최인경'. 40년이 지났는데 용케도 이름이 기억난다. 중학교 1학년이던 그때, 담임 선생님으로부터 그 아이를 부탁받았다. 요즘처럼 특수반이 활성화되지 않을 때지만 그래도 그렇지, 아이한테 장애 아이를 맡기다니. 반장이라는 이유로 그 애와 짝이 되었고 뭔가 도와주었던 기억이 어렴풋하다.

뇌성마비와 소아마비의 차이도 모르던 나는, 사지가 뒤틀리고

(그땐 그렇게 보였다) 뭐라고 말하는지 알 수도 없는 그 애를 어떻게 도와줘야 할지 몰랐을 거다. 시간이 흐르면서 말을 알아듣고 조금은 익숙해졌겠지.

사실 너무 오래전이라 세세한 일은 기억나지 않는다. 오직 그날만 영화의 한 장면처럼 떠오른다. 하교 때면 항상 데리러 오던 누군가가 오지 않았던 그날, 내게 인경이를 버스에 태워 보내는 임무가 맡겨졌다.

목발을 짚은 그 애와 속도를 맞춰 천천히 버스 정거장으로 갔다. 상당히 먼 거리였고 약간 언덕이었다. 신정동에서 고척동으로 넘어가는 그 언덕의 버스 정거장. 버스가 정차할 때마다 거절당하고, 시간은 계속 흐르고.

어린 나는 운전기사인 어른에게 분노하는 것 말고는 할 수 있는 게 없었다. 그러다 다행히 한 운전기사가 기다려 주어 인경이를 태워 보냈다.

해가 질 무렵, 뒤돌아 신정동으로 걸어 내려오며 비로소 인경이 삶의 불편함을 피부로 느낄 수 있었다. 세월이 흐른 지금, 그 버스 정거장은 뿌옇고 메마른 사막 한가운데 존재하는 영상으로 떠오른다.

거리에서 장애인을 발견하기 어려운 이유는 그들이 존재하지 않아서가 아니라 돌아다닐 수 없기 때문이라는 말을 들었다. 살면서 인경이도 그랬을까!

몇 개월 만에 학교를 그만두고 어디론가 가 버린 그 아이를 궁금해하지도 않았다. 짐을 덜었다고 생각했을지도 모른다. 인경이는 나에게 친구였을까.

하필이면 출근 시간의 전철역에서 시위하는 저들이 바라는 것은 단지 전철을 타는 것이라고 한다. 비장애인은 너무나 아무렇지 않게 할 수 있는 일을 위해 저들은 목숨을 걸고 투쟁하고 있다.

고등학교 2학년 봄에 아빠가 돌아가셨다. 빈곤함 속에서 어두운 미래를 상상하며 살았다. 다행히 좋은 사람을 만나 결혼했다. 그러는 동안 마흔한 살 과부인 엄마는 온갖 노동 속에도 빈곤을 벗어나지 못했다. 내가 결혼한 후, 지인의 소개로 재혼하게 된다. 아빠가 세상을 떠난 지 10년이 되던 해였다.

새아버지는 사업을 한다고 했다. 슬하에 나보다 일곱 살 많은 딸이 결혼해서 살고 있었고 남매를 뒀다고 했다. 언니는 부자였다. 남편이 타이어 대리점을 했는데 무척 잘된다고 했다. 나중에 안 일이지만 새아버지의 허울뿐인 사업은 빚만 산더미였다. 딸과 사위의 도움으로 근근이 살고 있던 터였다.

언니의 아이들을 만났을 때, 부자인 삶이 전혀 부럽지 않았다. 언니의 아들딸은 바닥에 앉아서 일어나지 못했다. 나이도 짐작할 수 없었다. 청소년인가? 그보다 더 어린가? 중증 뇌성마비인 두 아이를 업어서 나르느라 언니의 예쁜 얼굴과 좋아 보이는 옷은 자주 구겨졌다.

예전에 인경이가 그랬던 것처럼 두 아이가 하는 말을 알아들을 수 없었다. 새로 생긴 젊은 이모가 반가워 내게로 손을 뻗는 남자 아이의 손길을 나는 거부하고 있었다. 나도 모르게 소름이 돋았다는 사실이 지금 생각하면 부끄럽다.

그 아이들의 안부가 갑자기 궁금하다. 경제적 여유가 있어도 거리로 나올 수 없는 건 마찬가지 아니었을까.

재혼하고 7년 후, 많은 빚에 짓눌린 새아버지는 자살했다. 남겨진 엄마와 언니는 함께 상속 포기를 했다. 첫 제사 때 찾아간 언니의 집은 정말 넓고 으리으리했다. 손님을 위한 음식도 고급스럽고 풍족했다.

어두운 방에서 기어 나오던 그 아이들은 여전한 모습이었고, 나를 보자 어눌한 말투로 "이… 모…."라고 불렀다. 그날 이후 그들과는 다시 볼 수 없었다.

언젠가 "동정은 쾌락을 포함하고 우월함을 맛보게 한다."라는 니체의 말을 들었다. 뒤통수를 세게 맞은 기분이었다. 장애인에 대한 편견이나 색안경이 덜한 사람이라고 스스로 생각해 왔다. 나름 괜찮은 사람이라고. 하지만 동정일지라도 그들에게 필요한 건 '관심'이 아닐까.

"엄마!, 엄마! 무슨 생각해?" 딸의 부름에 정신을 차렸다.

"이거 좀 해 줘. 반창고 때문에 목걸이 줄이 잘 안 돼요."

종이에 손가락을 살짝 베인 딸이 목걸이를 못 걸고 있었다.

나의 리모델링

오른쪽 위팔 근육에 날카로운 것이 꽂힌다. 저항할 수가 없다. 이제 바늘을 통해 약물이 들어온다. 찌르고 주입하는 동작이 10여 회 반복된다. 그때마다 비명은 끊이지 않는다. 팔을 움직일 수가 없다.

언제부터인가 시작된 팔의 통증은 가방이나 장바구니를 들지 못할 정도였다. 필라테스를 하면 도움이 될까 했지만, 오히려 더 심해질 뿐이었다. 그러다가 아파트 앞 가정의학과에서 인대강화주사라는 안내문을 보게 되었다. 통증이 있을 때 일반적으로는 억제하는 치료를 한다. 그런데 이것은 오히려 염증을 일으켜, 낫는 과정에서 새로운 조직이 만들어지게 한다. 그때부터 비명의 나날이 시작되었다.

원인을 알 수 없는 알레르기성 천식으로 스무 살 때부터 응급실에 드나들었다. 불임검사에서 발견한 자궁근종을, 배를 가르고 수술하면서도 의연했다. 어렵게 생긴 두 아이를 자연분만하면서, 천식 환자이기 때문에 수액을 5개씩 꽂아야 했지만, 소리 한번 내지 않았다. 10여 년 전, 1년 간격으로 수술할 때도 마찬가지였다.

척추뼈를 잘라내고 금속으로 고정한 뒤 복대를 한 채 병실에 있게 되자 문득 이런 생각이 들었다. 왜 이 젊은 나이에 계속, 많이 아픈 것일까. 가족에게 짐이 되는 것 같고 왜 죄를 짓는 기분일까! 이제 아이들은 엄마의 손이 필요하지 않을 만큼 자랐다. 경제적으로도 아주 힘든 시기는 지났다. 좀 더 여유로운 삶을 기대했는데 병원을 제집 드나들 듯해야 하는 현실이 억울했다.

나는 태어나 3개월까지 밤낮없이 울었다고 한다. 아무리 달래도 울음을 그치지 않는 나 때문에 스물세 살의 엄마는 힘들었다고 했다. 단칸방이 다닥다닥 붙어 있는 구조였기에 이웃에게 얼마나 미안했을지. 엄마와 그때 얘기를 하다가 새삼, 울음의 원인을 짐작하게 되었다. 그것은 연탄가스였다.

배 속에서부터 백일까지 총 여덟 번이나 연탄가스를 맡았다고 했다. 한번은 날이 새도록 울어서 이웃들이 방문을 두드렸는데 기척이 없더란다. 혹시나 해서 문을 부수고 들어가 보니 엄마는 정신을 잃은 상태였고, 나는 얼굴이 새파래져 있더란다.

119도 없던 시절이라 엄마는 마당 바닥에 뉘어졌다. 뺨을 때려도 정신이 금방 돌아오지 않았다. 나중에 정신을 차린 엄마에게 이웃들은 동치미를 마시게 했다. 당시에 아빠는 지방에서 일하고 있었다.

그 후 다른 곳으로 이사를 하며 깔려 있던 장판을 걷어 보니 방바닥 전체가 내려앉아 있더란다. 벽과 방바닥 사이의 벌어진 틈으로 가스가 들어오고 있던 것이다.

병실에 누워 생각했다. 그래 나는 지금 리모델링하는 중인 거야.

오래된 집이나 흠이 있는 집의 기본 골조는 그대로 두고 새롭게 고치는 리모델링. 세상에 없었거나 살아가기 힘들었을 몸을 불편함 없이 살아갈 수 있도록 말이다. 그런 생각이 들자, 건강하지 못해서 생겼던 불만이 사르르 사그라들었다.

의학 기술은 눈부시게 발전했다. 병원비가 부담되지 않을 만큼 보험에도 가입되어 있다. 그렇게 생각하니 덜 아프게 느껴졌고, 급기야 즐겁게 이겨낼 수도 있었다. 노력해도 안 되는 건 순순히 받아들이고 심각해지지 말자. 나이가 들면서 여기저기 아픈 건 당연하다. 더구나 나는 죽을 목숨이 아니던가. 너무 말짱하면 그게 더 이상한 일이겠지.

이런 병의 역사를 가졌음에도 요즘 병원에서 비명을 지르고 있는 내가 좀 창피하다. 주사를 맞아 움직일 수 없는 팔을 어깨에 매달고 집으로 돌아오면 갑자기 보살핌을 받는 사람이 된다. 일상적으로 해 오던 일들을 남편과 딸이 나눠서 한다. 아프니까 이런 날도 오는구나.

몸이 피곤하거나 아플 때조차도 집안일을 꾸역꾸역하면서 자신을 대견해했다. 하지만 돌아온 건 칭찬이 아니라 짜증이었다. 아픈 얼굴로 밥상을 차리는 모습은 상대를 불편하게 했다.

강제로 팔을 쓰지 못하게 된 요즘, 새로운 시도를 해 본다.

"딸! 저거 좀 내려 줘."

"여보! 이 뚜껑을 못 열겠네."

그중에 절정은 남편에게 냉장고 청소를 시킨 것이다. 뒀다 먹어야지 했던 음식은 상하기 일쑤였고 채소는 왜 그리 잘 썩는지. 잘하는 모습만 보여 주려고 냉장고 주변에 철책을 친 듯 근처에 오지도 못하게 했었다.

그런 나의 치부를 드러내자 오히려 마음이 편해졌다. 코를 막고 인상을 쓰며 열심히 청소하는 남편의 얼굴을 바라보니 웃음이 났다.

"다 나아도 가끔 냉장고 청소 부탁해요. 당신이 훨씬 깨끗하게 잘하네."

"아휴, 힘들어서 난 못 해."

힘들다면서 힘껏 청소하는 남편이다. 팔이 다 나을 때까지는 간혹, 스스로 할 수 있는 것조차도 그들에게 손을 내밀며 몰래 미소 지으리라.

인대는 뼈와 뼈를 연결한다. 가족의 마음을 연결해 주는 것은 뭘까. 내 경우엔 빈틈도 내보일 수 있는 용기가 아니었을까. 그것을 강화하여 탄력적으로 만드는 치료를 받고 있는 나. 몸을 리모델링한다고 생각했다. 언제나 완벽한 모습을 보여야 한다는 생각에 편하지 않았던 마음을 리모델링하는 중은 아닌지 싶다.

오른팔의 리모델링이 끝나면 허리에 다시 금속을 박아 연결해야 한다. 마음먹기에 따라 달라진 지금처럼, 다음 리모델링을 통해 난 〈아이언맨〉 같은 히어로 영화의 주인공이 되련다.

임정명

작가 노트

어느 날, 평소 자주 가던 책방인 마그앤그래의 이소영 대표가 글쓰기 모임을 추천했다. 글쓰기는 생각해 본 적 없었지만, 무료라는 점에 끌렸다. A4 반 페이지 정도의 글을 한 달에 두 번 쓰면서 글쓰기에 관심이 생길 무렵, 모임이 끝나게 되었다. 커다란 들통에 담겨 있는 국물 음식을 새끼손가락으로 살짝 찍어 맛본 느낌이랄까. 무슨 음식인지 어떤 맛인지 알기도 전에 주방에서 나온 것이다.

후속 모임으로 다시 시작된 글요일에서는 조금 더 긴 글을 진지하게 쓸 수 있었다. 그러면서 50년이 넘도록 들여다보지 않았던 나의 내면과 마주하게 되었다. 다시는 돌아가고 싶지도, 생각하고 싶지도 않았던 과거의 기억 속으로 들어가야만 했다. 그리고 솔직해져야 했다.

솔직한 나를 드러내기는 쉽지 않았다. 하지만 첫발을 내딛는 순간부터 인생이 달라졌다. 누구보다 불행했다고 생각했던 내 젊은 날이 동료들과 공유되었을 때 과하지도 모자라지도 않은 위로를 받았다. 글에 관한 멘트였지만, 무심한 듯 툭 던지는 선생님의 목소리에도 치유받았다.

2년 남짓 글을 쓰고 나니 인제 됐다 싶었다. 외면하고 있었지만 나를 지배하고 있었던 상처가 세상 밖으로 나오니 일상이 됐다. 삶의 원점에 서게 된 나로, 이제 무엇이든 할 수 있을 것 같다.

나에게 글쓰기는, 특히 에세이 쓰기는 마치 조작하기 어렵지만 성능은 아주 좋은 타임머신이었다.

극단적인 새벽형 인간,

최애템은 전기장판,

뜨끈하게 몸을 지지는 게

키스보다 좋은

곽민주

부산에서 태어나 영도에서 어린 시절을 보냈다.
심리학을 공부하는 요가 수련자로 살아가는 중이다.
인도와 러시아에서 잠시 살았으며, 지금은 수원시 행궁
동에 살고 있다.

그렇게 집이 내게로 왔다

초등학교 앞으로 산책하는 사람들이 보인다. 50미터만 올라가면 대형 주차장이 있다. 세계문화유산으로 등재된 '수원 화성'의 성곽길이 가까워 위치가 마음에 든다. 상가는 무조건 위치가 중요하다는 부동산 사장님의 말이 솔깃하다. 장사를 해 보지는 않았지만, 이건 무조건 카페 자리라고 직감했다.

집을 보기도 전에 위치만 보고 덜컥 그 자리에서 계약했다. 때로는 이리저리 재고 따지는 것보다 그냥 직관적으로 선택하는 게 나은 결과를 불러오기도 하니까. 부동산 사장님은 누수가 심해 그렇지, 방수만 잘하면 크게 문제 될 게 없다고 대수롭지 않게 말했다. 주변보다 헐값인 것도 큰 이유였다. 이런 좋은 조건이라면 서로 달라고 했을 텐데.

난 곧장 집으로 달려갔다. 대문 옆 작은 우체통에 각종 고지서가 수북이 쌓여 있었다. 사용한 흔적이 거의 없는 열쇠에서 오래된 쇳내가 났다. 녹이 슨 열쇠가 잘 들어가질 않아 이리저리 쑤셔 보았다. 남의 집에 몰래 들어가는 기분이 들어 긴장됐다. 탁 하고 열쇠가 걸리는 순간 대문이 스르르 열렸다.

2층으로 된 구옥이었다. 들어서자마자 오른쪽에 현관문이 보였고, 그 옆으로 나란히 작은 문이 있었다. 작은 문을 열자 2층으로 올라가는 계단이 보였다. 이 계단을 올라가면 어떤 풍경이 펼쳐질지 궁금했다.

1층 현관문을 열었다. 한낮이었는데 안은 깜깜한 밤이었다. 숨을 쉬기에 거북할 정도로 습한 냄새가 났다. 서늘하고 차가운 공기였다. 축축한 걸 좋아하는 곰팡이가 벽과 천장을 뒤덮고 있었다. 곰팡이 포자는 공기 중을 떠돌다 습기가 많은 표면에 달라붙어 번식했다. 곰팡이 포자가 내 콧속으로 들어올 것 같아 손으로 코와 입을 막았다.

집은 그야말로 처참했다. 살면서 이렇게까지 망가지고 방치된 집은 본 적이 없었다. 집 어디에서도 사람이 살았던 흔적은 찾을 수 없었다. 누수도 심각했다. 물기를 머금은 나무판자가 덕지덕지 매달려 있었다. 축 늘어진 나무늘보처럼 판자 조각은 제멋대로 아래로 처져 있었다. 곰팡이로 뒤덮여 있는 검은 방에 혼자 있으려니 무서운 생각이 자꾸 들었다. 바닥에서 뭐라도 튀어나올 것 같아 내가 걸을 때마다 나는 소리에도 깜짝 놀랐다.

"방수하면 괜찮아요."라고 말했던 사장님의 얼굴이 떠올랐다. '얼마큼 방수를 해야 이 누수를 잡을 수 있으려나. 계약서에 사인한 날이 내 발등을 찍는 날이 될 줄이야.' 사장님은 "집을 보지 않고 사는 사람은 민주 씨가 처음이에요."라고 놀라워하며 말했다. 누구도 아닌 내 선택이었다.

한동안 그 집을 보지 않았다. 가끔 집에 관한 이야기가 내게 전해졌다.

쥐가 들락거린다. 밤마다 고양이 울음소리가 너무 시끄럽다. 냄새가 심하게 난다. 집 앞에 누가 쓰레기를 버리고 간다. 옆집에서 때는 연탄재가 집 앞에 쌓이고 있으니 빨리 치워 달라고 옆집에 말해라.

깨끗한 마을 만들기 위원장의 전화도 받았다. 하루빨리 그 연탄재를 치우지 않으면 동네 사람들의 전화를 계속 받아야 할 것 같았다.

나는 동네에서 '박 씨 아저씨'로 불리는 사람을 소개받았다.

"아저씨, 곰팡이가 너무 무서워요. 이것부터 어떻게 처리해 주세요."라고 말했다. 아저씨는 30년 노가다 생활로 잔뼈가 굵은 사람이었다. 곰팡이로 새카매진 벽을 봐도 놀라지 않았다. "사람만 살면 되나요, 곰팡이도 살아야지요." 박 씨 아저씨 입에서 나온 말이 무슨 명언처럼 들렸다.

방수, 배관, 미장, 페인트 등 집은 수선해야 할 데가 많았다. 인건비도 올라 예산이 초과될까 봐 전전긍긍했다. 공사 기간도 길어질 것 같았다. "일하는 사람들이 더 필요하지 않나요?"라고 물으면 아저씨는 "사람 많다고 일 잘되는 거 아니요. 그냥 마음 맞는 사람 한 명 있는 게 더 나아요."라고 말했다. 다 나에게 하는 말 같았다. 친구가 많다고 꼭 좋은 것만은 아니다. 마음에 맞는 친구 한 명만 있어도 위로가 되고 충분할 때가 많으니까.

그런데 박 씨 아저씨는 마음 맞는 한 명이 아닌 '두 명'과 일을 했다. 명언은 박 씨 아저씨 입맛에 맞게 변했다.

예전에 살았던 사람들이 이층 베란다를 방으로 바꾼 게 누수의 원인이었다. 무리해서 확장하다 보니 오래된 지붕과 벽 사이로 균열이 난 것이다. 균열로 생긴 틈은 계속 벌어지고 있었다. 갈라진 틈으로 비가 새고, 그 사이로 이끼와 풀이 자라고 있었다. 틈을 막지 않으면 집은 계속 상하게 될 게 분명했다.

집에서 필요 없는 것부터 철거하기 시작했다. 아저씨는 베란다 난간 위에 설치된 창들을 모두 뗐다. 천장이었던 석면도 제거했다. 그러자, 둥글게 말린 천장 외벽이 눈에 들어왔다. 벽은 사람의 몸처럼 둥글고 부드러웠다. 박 씨 아저씨는 이렇게 만드는 게 쉽지 않았을 거라고, 품이 많이 드는 일이라고 말했다. 베란다를 복원하기 위해 방으로 썼던 바닥을 까 보니 콘크리트 바닥 아래로 손바닥 크기의 정사각형 타일이 옹기종기 깔려 있었다. 평범한 시멘트 바닥일 거라 상상했는데, 지금은 찾아볼 수 없는 구하기 힘든 타일이었다. 철거하기 잘했다는 생각이 들었다.

더 큰 공간을 소유하고자 베란다를 무리하게 확장하는 바람에 집은 균열이 갔다. 확장하느라 덧댔던 필요 없는 부분을 들어내고 나니 집은 단정해졌다. 막혔던 부분이 뚫리니 집은 다시 숨을 쉬는 것처럼 들숨과 날숨이 오고 갔다.

50년이 지난 지금 봐도 이 집은 기본 골격과 구조가 탄탄하다. 2층 베란다가 다시 살아나니 바닥에 깔린 푸른색 타일도 멋스럽게 느껴진다. 아이 방문에 붙여 둔 옷걸이는 이 집에 살았던 이들의 소소한 행복이라는 보물을 발견한 것처럼 반가웠다. 그 흔적들이 마음에 새겨진다. 손때 묻은 낡은 것이 내 마음을 움직인다. 사람이 살았던 흔적이 각박해져 갈라진 마음에 온기를 불어넣어 준다. 오늘은 박 씨 아저씨가 또 어떤 명언을 남길까?

판식의 사진첩

아빠는 '부산항나이트클럽' 지배인이었다.

부산항에 다니기 전에는 조선소에서 선박 도면 설계사로 일했다. 검정이 살짝 섞인 청색 작업복을 입고, 웬만한 쇠붙이가 떨어져도 끔쩍하지 않을 큰 장화를 신었다.

원양어선이 들어오는 날에는 바다에 나갔던 선원들이 두둑해진 지갑과 부푼 마음으로 부산의 유흥가를 쏘다녔다. 부산항이 아닌 영도에 있는 '부산항나이트클럽'으로 모였다. 아빠는 거절을 하지 못하는 성격 탓에 친구들의 어려운 부탁을 잘 들어줬다. 그런 아빠에게 엄마는 제 앞가림도 못하는 주제에 남을 왜 도와주냐며 차라리 그럴 돈 있으면 당신 마누라나 챙기라고 버럭 화를 냈다.

매일 목욕탕에 다니는 아빠는 세신을 받고 나면 피부에 광이 났다. 한쪽으로 살짝 넘겨 빗은 머리카락은 새털보다 가늘고 보드라웠다. 사람 좋아 보인다는 소리를 자주 들었던 아빠는 양복이 잘 어울렸다. 항상 윤기가 흐르는 구두를 신었다. 손은 또 얼마나 곱던지. 그런데 이상하게도 오른손 새끼손가락의 손톱만은 늘 길게 길렀다. 학교에서 돌아와 방문을 열어 보면 속옷 바람으로 가부좌를 틀고 앉은 아빠가 긴 새끼손톱으로 귀를 파고 있었다.

아빠는 투자금을 빌미로 엄마를 설득해 부산의 집을 처분했다.

가족이 함께 산다는 조건으로 부산에서 수원으로 이사했다. 엄마는 한 번 더 아빠를 믿어 보겠다고 했다. 수원으로 이사하면 아빠를 더 자주 볼 수 있을 것으로 기대했지만, 그것은 오산이었다. 아빠가 오지 않는 날이 많아지자, 엄마 낯빛에 어두운 그늘이 서리고 집안 분위기는 지하동굴처럼 침울해졌다. 결국, 일주일에 한 번씩 다녀갔던 아빠는 한 달에 한두 번으로 오는 횟수가 줄었다. 내가 중학생이 되자 그마저도 오지 않았다.

엄마가 아빠와 전화 통화를 하면, 곧 우는 소리가 들렸다. 엄마는 생활비 한 푼 안 주는 아빠에게 화를 냈다. 몇 차례 고성이 오가고 나면 엄마는 주방과 연결된 베란다로 나갔다. 베란다 창문을 열면 보이는 건 회색 콘크리트 벽뿐이었다. 차가운 타일 바닥에 쭈그려 앉은 엄마의 모습이 어렴풋이 그려진다. 희뿌연 주방 유리문에 스며든 불빛이 커졌다 작아졌다.

반딧불인가. 불빛은 작지만 따뜻했다. 빛이 작아질 땐 내 숨소리도 작아졌다. 빛이 커지면 나도 모르게 안도의 한숨을 내쉬었다. 어두운 베란다가 불빛으로 환해졌다.

엄마가 출근하고 나면 가끔 베란다에 나갔다. 반딧불이 살고 있을지 모른다는 상상을 하면서 베란다 곳곳을 살펴보았다. 보이는 건 크기별로 포개진 고무 대야와 물이 고여 있는 뚜껑 없는 플라스틱 김치통, 검은색 봉투에 반쯤 채워진 쓰레기, 외할머니가 보내 주신 쌀 몇 포대가 전부였다. 반딧불은 그 어디에도 보이지 않았다.

아빠는 잘 살고 있었을까.

택시 운전으로 생계를 이어 가던 아빠는 당뇨 합병증으로 머리카락이 다 빠졌다. 손톱 밑에는 까맣게 때가 끼었다. 내가 알고 있던 아빠의 예전 모습과는 달랐다. 아파서 도저히 일을 할 수 없는 상황이 되자 집세가 밀리고, 음식을 해 먹기도 힘들어졌던 모양이었다. 김치를 좀 해 달라고 아빠에게 연락이 오면 엄마는 펄펄 뛰면서도 김치와 함께 30만 원을 부쳤다. 엄마는 계좌이체 버튼을 누르며 "내가 미쳤지, 미쳤어."라고 중얼거렸다.

더 이상 엄마도 나도 아빠에게 돈을 보낼 일은 없다. 아빠가 죽었다. 엄마는 아빠의 부고를 듣고 "이제 다 끝났다."라고 나직이 말했다.

"곽판식 씨 보호자 되십니까? 피를 많이 토했어요. 암이 전이돼서 복수도 차고 숨 쉬는 것조차 힘들어 보였어요." 아빠를 마지막까지 지켜봤던 담당 간호사가 한 말이 뇌리에서 지워지지 않는다. 위암 진단을 받았지만, 항암치료를 받지 않았다. 죽음을 직감했던 걸까. 병원에는 자식이 없다고 말했다고 한다. 참기 힘든 고통을 아빠는 홀로 견뎠다.

내가 아빠의 보호자라고? 아빠가 나의 보호자가 되었어야지. 아빠에게 난 무엇이었을까. 생각하면 가슴이 답답하다. 몸살을 앓는 듯 온몸에 힘이 없고 두통이 몰려온다. 아빠를 미워해야 할지 말아야 할지 모르겠다.

유품이 든 비닐봉지에 고딕체로 아빠의 이름이 쓰여 있었다. 봉지는 보호자 외에 그 누구도 열어 볼 수 없었다. 꽁꽁 묶인 봉지를 여는 손끝이 떨렸다. 마치 못 볼 걸 볼 것 같은 두려운 예감에 봉지를 여는 데 시간이 한참 걸렸다.

안에는 누렇게 바랜 옷가지와 내 아이의 백일 사진이 든 낡은 가죽 지갑이 있었다. 그리고 얼마 전에 새로 개통한 5G 신상 핸드폰이 보였다. 내 것보다 더 최신 핸드폰이었다. 집으로 가져와 배터리를 충전했다. 판도라의 상자를 여는 것이 아닐까. 핸드폰을 바라보는 마음이 내내 불안했다. 불현듯 그런 생각이 스치자 쉽사리 휴대폰을 열지 못했다. 아빠가 살아 있는 내내 계속 돈을 요구하고, 본인을 돌봐 달라고 했더라면 나도 엄마처럼 힘들었을 것 같다. 이제 다 끝났다. 판식은 죽고 나서야 나에게 왔다.

나에게 돌아온 아빠는 죽었지만, 한 인간으로 살았던 판식은 이 핸드폰에 여전히 남아 있다. 천천히 문자를 확인했다. 메시지 함은 스팸 문자로 가득했다. 연락처 목록을 열어 보았다. '딸'이라고 저장된 내 전화번호를 보는 순간 참았던 눈물이 일시에 터져 나왔다. 아빠는 왜 연락하지 않았을까.

마지막으로 사진첩을 열었다. 꺼져 있는 텔레비전 화면에 희미하게 반사된 아빠의 모습이 보였다. 쏟아지는 햇살이 가득한 옥탑방 마당에 크고 작은 화분이 있었다. 막 꽃이 핀 화분이 반짝거렸다. 씨를 심고 잎이 나고 줄기가 생기고 꽃이 피는 과정을 찬찬히 지켜봤을 사람이 화분 곁에 있었다. 나도 그 화분처럼 아빠의 보살핌이 늘 그리웠다.

엄마는 홀로 나와 내 동생을 키우느라 눈코 뜰 새 없었다. 식당에서 온종일 서서 반찬을 만들었고 밤 11시가 넘어서야 집으로 돌아왔다. 밤에도 낮처럼 우리를 돌보고 집안일을 하느라 항상 잠이 부족했다. 하루 12시간씩 서서 일하느라 허벅지의 실핏줄은 튀어나오고, 프라이팬을 잡은 손은 볶고 지지느라 통증을 달고 살았다. 봄이 왔다고, 여름휴가라고, 단풍이 들었다고, 따뜻한 온천이라도 다녀오자고 말을 건네는 친구조차 없었다.

사계절을 매일 똑같이 일만 하며 살았던 엄마. 외로움조차 느낄 겨를없이 앞만 보고 달려가야 했던 엄마에게 위로가 되어 주었던 건 담배 한 대였다.

아빠가 돌아가셨다는 소식을 듣고, 엄마는 마지막 반딧불을 피웠다.

불편한 나의 이웃

여자의 고함이 들렸다. 벌써 몇 번째인지 모르겠다. 소리가 천장을 따라 벽을 타고 내려와 귀에 꽂혔다.

아이 우는 소리도 들렸다. 여자아이 울음소리였다. 아이는 엄마의 울부짖는 모습을 보며 얼마나 불안에 떨고 있을까. 여자는 누구에게 소리치는 것일까. 아이에게 소리치는 것이라면 당장이라도 위층으로 달려가 벨을 누르고 그만하라고 말하고 싶었다. 정신 차리라고. 그러면 당신 아이가 상처받는다고. 그 상처는 결국 당신에게 돌아갈 거라고. 하지만 난 엄마가 딸에게 그럴 리 없다고 고개를 절레절레 흔들었다.

남편에게 소리치는 것일까. 아니, 남편은 없는 것 같았다. 적어도 그 상황에서는. 일방적인 분노였고 절규였다.

위층 사람들이 이사 온 후로 주기적으로 여자 고함이 들렸다. 그러다 남자가 소리치는 날도 더러 있었다. 그의 목소리는 더 잘 들렸다. 온몸으로 소리를 지르는 것 같았다. 바로 내 집에서 소리치는 것처럼 가깝게 느껴졌다. 문을 쾅 닫기도 하고 물건을 던지는 소리도 났다. 남자의 절규도 여자 때와 마찬가지로 혼자 소리치고 연기하는 모놀로그 연극 같았다.

변비 때문에 힘겹게 사투를 벌이는데 다시 고함이 들리기 시작했다. 몸이 힘드니 작은 소리에도 예민해졌다. 여자아이가 아닌 아기 소리도 들리는 것 같았다. 갑자기 그들이 왜 그러는지 알고 싶어졌다. 이해가 되어야 이 상황을 견딜 수 있을 것 같았다.

아파트에 살기 전에는 단독주택에 살았다. 단독주택도 소음에서 벗어날 수는 없다. 옆집 아저씨가 세수하면서 코 푸는 소리, 앞집 부부의 대화 소리, 뒷집 창문 닫는 소리, 그리고 설거지하며 내는 달그락 소리까지 다양한 소리가 들린다. 그렇지만 집과 집 사이가 떨어져 있고, 서로 인사를 나누며 지내는 사이기에 이해하고 넘어간다. 이해가 되지 않더라도 그럴 수 있다고, 괜찮다는 여유가 마음에 깔려 있다.

아파트에 살면서 위층 사람들의 얼굴을 본 적이 없다. 실제로 가족 구성원이 어떻게 되는지 모른다. 엘리베이터에서 우연히 마주친 적이 있을까. 엘리베이터를 탈 때마다 7층이라고 누르는 사람이 있는지 유심히 지켜보지만, 지금까지 7층을 누른 이도 없었다. 살고 있는 인기척은 있지만 실제로 그들을 본 적은 없다.

경제적 어려움이 있는 건 아닐까. 남편의 벌이가 시원찮아 아내가 짜증스레 악다구니를 쓰는 것은 아닐까. 집세며, 생활비로 나가는 돈이 정말 만만치 않다. 특히, 아이가 있다면 생활비는 더 많이 들 것이다.

위층이 이사 온 첫날, 우리 집 현관문 앞에 빵 봉투가 놓여 있었다. 메모지를 펼쳐 보았다. 또박또박 쓴 글씨체로 보아 여자는 야무진 사람처럼 느껴졌다. 종이에는 이사 때문에 소란스럽게 해서 미안하다며, 앞으로 잘 부탁한다는 말이 쓰여 있었다.

이사 왔을 때 나는 이웃에게 아무것도 돌리지 않았다. 옆집 607호 아주머니는 우리 집 현관문이 열려 있을 때 우연히 들어온 적이 있었다. "이 집은 구조가 어떻게 생겼는지 궁금했는데 이렇게 생겼군요."라며 웃으며 친근감을 표현했지만, 나는 별다른 인사를 하지는 않았다. 시댁에서 보낸 사과를 나누고 싶다는 생각이 잠깐 스쳤지만, 주는 과정이 번거로웠다. 그것으로 다시 이어지게 될 상황이 복잡하고 피곤할 것 같았다. 복도나 엘리베이터에서 마주치게 되면 인사만이라도 잘하고 지내야지 하고 마음먹었었다.

607호는 인기척도 나지 않을 정도로 조용한 이웃이었다. 1년을 살았지만 거의 마주친 적이 없다. 마주쳐도 가볍게 인사하고 지나가는 정도였다. 한번은 비상문이 닫힐 때 나는 소리가 너무 커서 화들짝 놀란 적이 있었다. 그 집 현관문 옆에는 비상계단과 연결된 문이 있다. 계단을 이용할 때면 항상 조심스럽게 문을 닫아야겠다고 생각했다. 607호 아주머니가 문소리를 예민하게 받아들일 것 같다는 나의 예민함 때문에.

607호 문 앞은 항상 깨끗했다. 우리 집 현관문 앞처럼 택배 상자가 넘쳐 나거나 치우지 못한 빈 상자들이 널브러져 있지도 않았다. 관리를 잘하는 이웃이었다.

위층 사람들은 아래층에 사는 우리 집까지 선물을 챙겨 줬다. 하지만 고마움은 곧 불안함으로 바뀌었다.

빵의 유통기한이 지나 있었다. 날짜가 임박한 것도 아니고 유통기간이 지난 걸 주다니, 좀 이상했다. 대형 프랜차이즈에서 만든 빵이라 유통기간이 짧지도 않았을 텐데. 이상한 기분은 불길한 예감을 낳는다.

그들이 준 선물은 앞으로 일어날 일을 미리 대비하라는 예방주사 같은 것이었을까. 예방주사를 맞았지만, 주기적으로 찾아오는 층간 소음은 걱정스럽고 불편하기만 했다.

다른 집 사람들도 이 소리를 듣고 있겠지. 나처럼 그냥 참고 넘어가는 걸까. 아니면 무슨 일이 있는지, 좀 조용히 해 줄 수는 없는지 적극적으로 요구하는 사람도 있을까.

이 소음은 언제까지 계속될까. 어쩌면 여기 사는 내내 혹은 그들이 이사하지 않는 이상 앞으로 쭉 들어야 할지도 모르겠다. 유통기한이 조금 지난 빵을 먹는다고 당장 어떻게 되지는 않는다.

불편한 마음에도 유통기한이 있다면 얼마나 좋을까.

곽민주

작가 노트

살아 있는 꼼장어를 주문했다.

머리와 몸통, 꼬리가 잘려 나간 피부에서 끈적끈적한 점액이 분비되었다. 미끄덩거리고 꼼지락거리는 꼼장어를 빨갛게 달군 석쇠 위에 올렸다. 점액으로 온몸을 감싼 꼼장어는 익을 때까지 꿈틀거렸다. 서서히 몸은 정지됐다. 뜨거운 숯으로 육즙이 떨어졌다. 타닥타닥 소리가 났다. 꼼장어는 있는 힘껏 부풀어 올랐다. 한입 베어 무는 순간, 육즙이 터져 나왔다. 꼼장어는 마치 살아 있는 것처럼, 입속에서 사라졌다.

부산에 있는 항구 부둣가에서도 그랬다. 연탄불 위에 은박지를 깔고 빨갛게 양념한 꼼장어를 먹었었다. 누구랑 갔는지는 기억나지 않는다. 빨갛게 양념한 어떤 덩어리가 은박지 위에서 꿈틀거렸다. 바다의 비릿한 냄새에 꼼장어가 어떤 맛이었는지도 모르겠다.

다만, 할아버지 한 분이 등을 돌린 채 바다를 보며 누군가를 기다렸던 것 같다. 나의 기다림도 그때부터 시작되었다.

쓴다는 것은 기억을 더듬어 과거로 나아가는 과정이다. 과거의 일을 언어화하는 순간 내 기억은 그 언어와 멀어진다. 생각과 경험을 언어로 설명하는 것은 불가능하다. 내 글도 이미 본래의 뜻을 잃어버렸다. 살면서 내가 보고 듣거나 겪은 일을 언어로 담을 수 없고, 담길 수 없기에 상실을 경험하게 된다. '상실'이야말로 내가 느끼는 가장 큰 감정 덩어리다. 기다리지만 기다리는 대상이 부재한다. 그 부재를 설명하기 위해 '언어'를 빌려 오지만, 표현하는 순간 그 의미와 본질은 사라진다. 부재에 대한 상실을 표현하지만, '이해할 수 없는' 형식으로 전달될 뿐이다.

우리는 모두 삶이라는 드라마의 주인공,

적당한 긴장감과 짜릿함이 녹아 있는

로맨틱코미디 영화의 주연이 되고 싶은

윤주연

중학교에서 13년간 교사로 일했다. 건강 문제로 직장을 그만두고, 무력감과 우울감으로 힘든 시기를 보냈다. 수원시 영통도서관 독서 모임에서 다양한 책과 친해졌고, 수원시도서관사업소에서 발간하는 문집《글방향기》에 글을 실으면서 글쓰기를 시작했다.
글을 쓰면서 '나' 자신과 '주변 사람'에게 관심이 많아졌고, 내가 소중하게 생각하는 사람이 누구인지, 어떤 경험에서 무슨 감정을 느꼈는지, 내가 남에게 듣고 싶은 말은 무엇인지, 나는 어떤 사람이 되고 싶은지에 관해 생각해 보게 되었다.
사람의 '마음'에 관심이 많다. 눈에 보이는 것들을 움직이는 힘은 눈에 보이지 않는 것에서 나온다고 믿는다. 하늘이 보이는 자그마한 창문 열 나만의 공간에 앉아 있을 때, 읽고 쓸 때, 내가 살아 있음을 느낀다.
이 책에 들어갈 원고를 퇴고하던 중에 '2024년 제9회《시와산문》 신인문학상'에 당선되었다는 연락을 받았다.

이메일 judy5475@naver.com

작지만 소중한

거실 한쪽에 새장이 두 개 있다. 작은 새장과 큰 새장. 출입문을 둘 다 활짝 열어 서로 딱 붙여 놓았다. 자그마한 새 한 마리가 살기에는 꽤 넓은 집이다. 작은 새장에는 움푹한 접시처럼 생긴 둥지가 있고, 큰 새장에는 목욕통, 물통, 모이통, 그네, 홰가 있다. 잘 때 침실로 가는 사람처럼, '짹짹이'는 밤에만 둥지로 간다. 정확히 새벽 5시 30분이면 "쪼르르르, 쪼르르르." 맑은 소리를 내며 아침을 알리고, 오후 9시가 되면 둥지로 들어가 잠을 청한다. 홰에 앉은 채 고개를 몸에 파묻고 낮잠을 많이 자는 날에는 밤에 잠드는 시간이 늦어진다. 사람과 정말 비슷하다.

오늘도 아득히 먼 곳에서 들려오는 짹짹이의 모닝콜을 듣다가, 며칠째 밥을 안 챙겨 준 것이 떠올랐다. 잠이 덜 깬 채로 안방에서 비틀비틀 걸어 나와 모이통을 바라봤다. 아뿔싸! 모이통이 반 이상 차 있길래 줄 필요가 없겠다고 생각했었는데, 전부 다 빈 껍데기였다. 잠깐 멈추어 서서 삶에서 겉으로 드러난 것만 바라보며 판단을 내리고, 정작 더 중요한 내면은 신경 쓰지 못한 순간이 얼마나 많았나 생각해 봤다. 얼른 새로운 모이를 듬뿍 넣어 주었다. 짹짹이가 좋아하는 국수도 먹기 좋은 크기로 잘라서 토핑처럼 얹었다.

10년 전, 초등학교 1학년이었던 딸아이와 함께 홈플러스에 가서 십자매 한 쌍을 샀다. 강아지나 고양이를 키우기에는 용기가 부족했는데, 십자매는 어릴 때 키워 본 적이 있어서 어렵지 않게 내린 결정이었다. 그런데 주변에서 걱정이 빗발쳤다.

"십자매 평균 수명이 몇 년이에요? 6년? 그러면 아이 사춘기 때 죽을 텐데 괜찮겠어요?"

"만질 수 없는 동물이라…. 교감도 안 되고, 정서적으로도 도움이 별로 안 될 텐데요? 강아지나 고양이 키우는 게 낫지 않아요?"

주변의 이야기를 듣느라 내가 하고 싶은 일을 못 해서 아쉬움과 후회가 남았던 적이 많다. 강아지나 고양이는 알레르기 비염과 천식 때문에 키우기 어려우니, 보란 듯이 십자매를 잘 키우고 싶다는 생각이 들었다. 새장에 그네를 달고, 놀이도구로 사다리도 놓아 주었다.

'십자매'라는 이름은 한 새장에 열 마리를 넣어 두어도 사이좋게 지낸다고 하여 지어졌다. 우리 집에 온 십자매 한 쌍도 얼마나 사이가 좋은지, 락앤락 투명 플라스틱 목욕탕에 늘 둘이 함께 들어가 씻었다. 날개를 퍼덕이며 물놀이하는 모습은 꼭 어린아이들이 분수에서 물총놀이를 하는 것 같았다. 장작불을 멍하니 바라보는 '불멍'처럼 새들이 목욕하는 모습을 자주 한참 바라봤다. 자그마한 두 발을 뒤뚱거리며 내는 물장구 소리에 귀를 기울였다. 비치체어 홰에서 펼쳐지는 공연. 온몸을 부르르 터는 웨이브 춤으로 한바탕 물놀이가 끝나곤 했다.

우리 집 십자매들은 약간 긴 초밥 크기로 자그마했다. 몸 위쪽은 어두운 갈색, 배와 허리는 흰색이다. 꽁지 끝은 비행기 날개 끝처럼 뾰족하다. 새장에서만 살아서 비행 능력이 떨어질 것으로 예상했었는데 큰 오해였다. 남편이 새장 청소를 하며 새장 문을 잠깐 열어 두었는데, 그 틈에 암컷 한 마리가 밖으로 나왔다. 온 가족이 자그마한 새를 잡으려고 부엌으로 안방으로 계속 돌고래 소리를 내며 쫓아다녔다. 혹여 다칠까 봐 손으로 살짝 잡으니 미꾸라지처럼 빠져나가기를 반복했다. 정지 비행하는 벌새처럼 안방과 거실을 휘저으며 날아다니더니 소파에 착륙하여 시원하게 볼일도 봤다.

"내가 나가서 잠자리채 사 올까? 다가가면 자꾸 더 멀어지니 미치겠네."

"모기장을 사 오는 건 어때? 한쪽으로 몰아가다가 새장 쪽으로만 입구를 벌려 보자."

새장 안에서 암컷을 향한 눈빛을 떼지 못하던 수컷. 모기장을 사러 가기 전, 수컷을 작은 새장에 넣어 두고, 큰 새장의 출입문을 열었다. 식수, 목욕물을 새로 갈아 두고, 먹이도 산더미처럼 쌓아 두었다. 남편과 마트에서 모기장을 계산하려는 순간, 딸에게 전화가 왔다.

"엄마, 새장에 들어갔어!"

아무도 자기를 잡지 않으니 안방 쪽 베란다까지 깡충깡충 돌아다니다가 새장 안으로 들어갔단다. 화려한 외출. 금지된 구역을 비행하는 찰나의 여행이 아니었을까.

'신나게 날아다니다가 힘들면 새장으로 돌아올 수도 있는 거였구나. 걱정할 필요가 없는 일이었네.'라는 생각이 들었다. 물과 먹이, 가족이 있는 새장으로 돌아오리라는 것은 왜 생각하지 못했을까? 좀 더 편안하게 바라보고, 위험한 물건들만 치워 줬으면 되었을 텐데. 우리 집 거실 한복판에서 정지 비행하는 멋진 모습을 사진에 담았다면, 어디에서도 볼 수 없는 근사한 작품으로 남았을 텐데….

사십 대 후반인 지금도, 내 재능이 무엇인지 끊임없이 찾고 있는 상황이 떠올랐다. 그것이 과연 언제 드러날까 조바심만 내지 않는다면, 언젠가는 원하던 바를 이루지 않을까 싶다. 지금 나의 하루는 정지 비행을 하는 십자매일 수도 있다. 내 인생에서 쉽게 만날 수 없는 근사한 작품 말이다.

보통 십자매는 암수 구분이 어렵다. 수컷은 번식기에 "쪼르르르, 쪼르르르." 아름다운 노래를 부르는데, 암컷은 "쭈륵, 쭈륵." 소리만 내고 노래는 하지 않는다. 몇 년이 흐른 뒤 암컷이라고 생각했던 아이가 "쪼르르르, 쪼르르르." 작은 노래를 부르기 시작했다. 앗, 부부가 아니었던가. 형제였던 것이다. 십자매를 팔던 직원도 몰랐나 보다. 그냥 말이 없는 암컷인 줄 알았는데, 목청 좋은 수컷이 노래 부르며 다가갈 때 계속 도망 다닌 이유가 있었다.

평균 수명인 6년이 지나자 암컷으로 오해했던 새가 죽었다. 혼자 남은 새는 친구를 찾느라 분주했다. 끊임없이 노래를 부르니 대책을 마련해야 했다. 네이버 카페 '한국 십자매 동호회'에 가입하고,

조류학자에게 질문을 올렸다. 남은 새가 어리면 다른 새를 넣어 주면 좋지만, 지금은 새장 옆에 거울을 두는 것이 좋은 방법이라고 했다. 커다란 거울을 새장 한쪽에 놓아 두니 짹짹이는 갑자기 친구를 찾던 울음을 멈추었다. 거울을 바라보며 고개를 갸우뚱갸우뚱했다. 거울 속 자신과 눈을 마주치면서 노래하고, 날개를 푸드덕거리며 날갯짓했다. 홰에서 뛰는 것을 보면 거울인지 알고 노는 것 같기도 했다. 자기 자신인지 모르고 논다고 하더라도 괜찮았다. 거울 덕분에 행복해질 수 있다면 그것으로 충분했다.

사람도 친한 친구나 배우자가 죽으면 그 무엇으로도 빈자리를 온전히 채울 수 없다. 거울에 비친 자기 모습을 친구 삼아 살아가는 십자매처럼, 그럴 때 자기 내면의 소리에 집중하면 조금은 도움이 되지 않을까. 인생에서 가장 친하게 잘 지내야 할 사람은 자기 자신이니까.

살다가 이따금 실패를 반복할 때면 내면에서 자기 비난의 목소리가 흘러나오곤 한다. 그 목소리가 마음 전체를 장악하지 않도록 하는 것이 나 자신과 친하게 지내는 데 도움이 될 듯하다. 멀리서 봤을 때만 풍성한, 껍데기로 가득한 모이통이 되지 않기 위해, 단단한 나를 위해 내면에 더 신경 쓰리라. 인생의 '베스트 프렌드'인 자기 자신은 오래오래, 가장 긴밀한 부분까지 함께 공유하며 살아가는 사이다. 내면의 자아가 원하는 일을 하고, 서로 격려하면서 단짝 친구처럼 잘 지내는 상황을 상상해 본다.

소비와 낭비의 경계선

이번에 소개팅한 사람은 자상하면서 말까지 잘한다. 오래간만에 마음에 쏙 든다. 가볍지 않은 분위기에 유머 있는 말솜씨. 빨려 들어가듯 이야기를 듣다 보면 내 얼굴에 함박웃음이 가득해진다. 너무 많이 웃어서 광대뼈 있는 부분이 살짝 얼얼하다. 모든 사람에게 웃음을 주는 스타일은 아니다. 그냥 나랑 코드가 맞는 느낌이다. 그의 표정, 목소리, 말투에 끌린다.

세 번째 만남에서였나. 그가 각종 상품 포장지에 붙어 있는 OK 캐쉬백 바코드와 글자에 매우 관심이 많다는 것을 알게 되었다. 강렬한 빨간 테두리의 그 글자를 보면 반가워하고, 아래 적힌 숫자가 클수록 더 행복해한다. 주로 100이 적혀 있는데, 이따금 300이라는 숫자가 보일 때도 있다. 그는 그게 다 돈이라고 했다. 대형 마트 고객센터 곳곳에 놓여 있는 OK 캐쉬백 빈 용지에 바코드 다섯 개를 다 붙여서 함에 넣으면 본인 적립금이 된단다. 그 당시 나는 소비 자체를 많이 하지 않아서 할인, 포인트 적립에도 그다지 관심이 없었다. 호기심이 샘솟는 신세계를 만난 기분이었다.

데이트를 하고 집으로 돌아와 엄마의 부엌 물건들을 살펴봤다. 숨은그림찾기 책인『월리를 찾아라』에서 빨간색 모자를 쓴 월리를 찾는 마음으로 집 안을 둘러보았다. 라면 봉지 다섯 개 묶음 비닐에, 맥심 모카커피 상자에, 두루마리 휴지를 싸고 있는 비닐에도 OK 캐쉬백이 붙어 있었다. 이렇게 반가울 수가! 수술을 집도하는 의사처럼 가위를 들고 정성스럽게 빨간 테두리를 잘랐다. 수십 번의 가위질을 반복하며 집 안 여기저기에 사각 구멍을 만들었다. 내 가위가 거쳐 간 곳들이 흉물스럽게 변했지만 상관없었다. 그가 감동할 표정만 생각했으니까.

그는 우리가 아주 친근한 사이가 되지도 않았는데 본인의 경제 상황을 상세하게 이야기했다. 삼십 대가 되어 만났으니 자신의 상황을 일찍 말하고 싶었나 보다. 아버지가 사업에 여러 번 실패하셔서 부모로부터 지원받을 상황은 아니다, 대학 등록금과 용돈은 모두 과외를 해서 벌었고, 대학 4년 동안 과외를 쉰 기간이 단 2주뿐이라고 말했다. 열심히 살아온 그가 대단하게 느껴지면서도 친구들과 여행 한 번 못 가고 돈 버는 데 급급했던 상황이 너무 안쓰럽게 느껴졌다.

몇 달이 지나 부모님께 이 사실을 이야기하니 사람이 책임감 있고, 성실하게 자기 밥벌이 잘하면 전혀 상관없다고 하셨다. 오히려 집은 부자인데 남자가 무능력하고, 성실하지 않으면 그게 더 골치 아픈 일이라고 말씀하셨다.

결혼 후 나는 남편의 철저하고 체계적인 돈 관리에 감탄에 감탄을 거듭하며 살고 있다. 어려운 상황에서도 늘 저축하고, 본인의 돈으로만 결혼한 것은 엄청난 노력의 결과물이었다. 돈 관리를 남편

혼자 하면 아무 문제 없겠지만, 부부는 공동 관리자이니 본인의 스타일에 맞추라고 은근히 압력을 가한다. 20세부터 작성해 온 남편의 엑셀 가계부는 해를 거듭하면서 거의 회사의 재무제표 수준으로 업그레이드되어 있었다. 5년 후, 10년 후 목표 설정은 작은 기업의 '손익계산서'라고 해도 손색없다. 연애할 때는 분명 이런 것들이 대단하고 멋있어 보였는데, 결혼하고 나니 나를 옥죄어 오는 숫자에 불과하다. 매달 엑셀의 빈칸을 채워야 하고, 예금 만기일이면 당일에 재예치를 기본으로 생각해야 한다. 느긋하게 까먹고 있다가 일주일 후 재예치를 하면, 일주일 이자 금액의 손실에 대한 잔소리를 들어야 한다.

인기 있었던 웹툰 〈유미의 세포들〉의 주인공처럼 내 안에 수많은 세포가 살고 있다는 것을 알아차린 건 그때였다. 세포들이 아우성치는 디즈니 애니메이션 〈인사이드아웃〉을 볼 때도 '어, 저거 완전히 내 정신세계 이야기네!'라고 느꼈었다. 내게 뛰어난 글솜씨가 있었다면 그 두 작품의 시나리오 작가보다 먼저 영화사에 문을 두드렸을 텐데. 그렇다면 지금쯤 강남 테헤란로에 꼬마빌딩을 두 채 정도 가지고 있을지도 모르겠다.

매달 가계부 정리를 왜 안 하냐는 남편의 잔소리를 듣다가 갑자기 '버럭 세포'가 나에게 가만히 있지 말라고 소리를 지른다. '도대체 잘못한 게 뭐야? 왜 저런 소리를 듣고 있어? 생활비가 만날 그 돈이 그 돈이지! 사치하는 것도 아니고. 적으면 뭐 해? 반성할 내용이 없는데?' 개신교의 성령부흥회에서 방언 터지는 신도처럼 남편에게 소리를 지른다. 흥분한 터라 발음도 부정확하고, 씩씩거리는 들숨의 호흡 때문에 스스로 더 격앙된다. 남편은 복선 없이 나타나는 소설 속 클라이맥스 사건의 중심에 서 있다. 당황한 표정을 보고 있을 때 '사랑 세포'가 속삭인다. '그가 어떻게 살아왔는지 알잖아. 한순간에 바꿀 수는 없다고. 사람은 원래 편한 쪽으로 변하게 되어 있어. 이제 조금 여유롭게 살아도 괜찮다고 말해 줘. 그렇게 소리 지르지 말고. 사랑했던 마음 잊었어? 돈 막 쓰는 남자보다 좋은 거야!' '버럭 세포'랑 '사랑 세포'가 육탄전을 벌인다. 서로 상대방의 주먹을 피하느라 바쁘다. '더 강렬하게, 더 기억에 남게 화를 내야 앞으로 달라지지! 이 정도로 변하겠어?'

침대에서 자고 있던 '쇼핑 세포'가 눈 비비며 일어난다. '아, 왜 이리 시끄러워. 둘이 또 싸우는 거야? 사랑아, 버럭이 좀 쉬도록 혼자 놔두고 나랑 쇼핑하러 가자. 진열대에 놓여 있는 예쁜 액세서리를 상상해 봐. 너 몇 달 전부터 큐빅 박힌 시계 사고 싶다고 하지 않았어? 남편 모르게 사는 거야! 가족카드 쓰지 말고, 현금으로.'

남편에 대한 반항심과 쇼핑 세포의 유혹이 어우러져 아름다운 하모니가 완성된다. 노후를 걱정하는 '미래 세포'의 안내를 받으며 백화점으로 가려던 발걸음을 아웃렛으로 바꾼다. 예쁜 구두를 사고, 큐빅 박힌 시계도 산다. '그래, 이 정도는 괜찮지. 내가 자주 사는 것도 아니고.' 내가 번 돈도 있으니 떳떳하게 쓰련다. 에스컬레이터를 올라가면서 벽면에 붙어 있는 광고지를 본다. 나도 모르게 "우와!" 감탄사를 연발하며 "남자 옷 세일 60%"라는 문구를 따라 해당 층으로 이동한다. '자기 사랑 세포'가 기절하려 한다. '자기 사랑 세포'는 답답한 마음에 찬물을 벌컥벌컥 마시고 책상을 손으로 쾅 내리친다. '왜 이래 진짜! 쇼핑을 왜 시작했는지 잊었어? 미쳤어? 남편 옷 절대 사지 마!'

물건을 살 때 현금을 사용하니 직원들이 계속 똑같은 질문을 한다.

"현금영수증 하시겠어요?"

"아뇨. 진짜 하기 싫어요."

"네?"

현금을 쓸 때는 꼭 자기 휴대폰 번호로 현금영수증을 해 달라고 한 남편의 부탁이 떠오른다. 사업가들이 흔적을 남기기 싫을 때 현금만을 사용한다던데 지금 이 순간 내가 그들의 입장이 되어 본다. 남편을 향한 소심한 복수를 행하고 나면 묘한 해방감이 느껴지기도 한다.

'버럭 세포'와 '쇼핑 세포'가 언제 또 나를 자극할지 모른다. 그럴 때면 언제나 '이성 세포'와 '사랑 세포'가 다시 한번 생각해 보라고 커다란 눈망울로 나를 바라보고 있을 것이다. 버럭이와 쇼핑이가 너무 자주 나타나서 가정경제에 적신호가 울리지 않도록 '소비'와 '낭비'의 경계선이 어디인지 생각해 보아야겠다. 그 경계선 주변

에서 한참 서성거리다 보면 내 발자국 때문에 선 색깔이 자꾸 흐려
진다.

새로운 놀이

수요일 아침 9시 정각. 식탁에 앉아 스마트폰을 거치대 위에 놓고 영상통화 버튼을 누른다. 언제나 그렇듯 "딴따라라 라라~"까지만 울리면 바로 화면이 바뀐다. 전화를 기다리고 계셨나 보다. 하회탈처럼 환하게 웃는 백발노인의 얼굴이 가로로 절반 잘려서 나타난다.

"아빠, 얼굴이 잘려 보여요. 폰 각도를 아래로 내려 보세요."

"그래? 이렇게? 이제 괜찮아?"

코로나 시대가 시작된 후 친정아빠의 소중한 일정이었던 친목 모임이 모두 취소되었다. 외향형인 아빠는 집에만 있는 것을 너무 답답해하셨다. 그즈음 이런 시기에 뭐라도 배우고 싶다며 갑자기 나에게 화상으로 피아노를 가르쳐 줄 수 있냐고 물으셨다. 학교 다닐 때 유독 음악을 잘 못하셨고, 음치, 박치에 음표를 읽을 줄 모르시니 성가책 볼 때 많이 불편하셨다나. 딸이 사용했던 바이엘 교재를 활용하면, 잘 가르쳐 드릴 수 있을 것 같아서 오케이 이모티콘을 보냈다.

레슨비는 매월 1일에 보내시겠단다. 아빠는 열심히 하면 음표를 읽을 수 있고, 악보를 보고 피아노를 칠 수 있냐며 반복해서 물으셨다. 꼭 어린아이 표정 같았다. 그렇게 1년 6개월 동안 영상통화로 피아노 레슨을 하고, 체르니 100번 초반까지 진도를 나갔다. 주변에서는 피아노가 눈과 손의 협응 능력이 필요하므로 80대인 분이 배우기에는 어려움이 있을 거라고 했다. 하지만 그런 우려가 무색할 정도로 연습을 많이 하셨다. 숙제 이외에도 유튜브로 피아노 레슨 수업을 찾아보고, 본인이 피아노 치는 모습을 녹화해서 문제점을 발견하는 등 입체감 있는 연습을 지속하셨다.

하지만 콩나물 모양의 음표가 점점 작아지고, 손가락이 마음만큼 빠르게 돌아가지 않자 급격하게 피아노에 대한 사랑이 시들해졌다. 숙제도 잘 안 해 오셨다. 피아노에 대한 아빠의 사랑이 알콩달콩한 풋사랑에서 정점을 찍고 하향곡선을 그리는 사랑과 비슷했다. 굳이 자주 만날 필요가 없는 수십 가지 이유가 있는 장기 연애 같았다. 고혈압 약을 타러 병원에 가야 해서, 주말농장에 있는 잡초를 꼭 지금 제거해야 해서, 노인회 임원 회의에 참석해야 해서 휴강 신청을 했다. 모두 날짜와 시간을 조정할 수 있는 일이었다.

'아, 맞아. 아빠는 끈기보다는 호기심이 강점인 분이셨지.'

수업을 그만하자고 말해야 하나 고민할 때 "이제 목표를 달성했다."라고 하시며 "다른 수업으로 전환하는 게 어때?" 하고 물으셨다. 갑자기 내가 듣고 있는 '글쓰기 수업'이 떠올랐다. '글쓰기 선생님의 아바타가 되어 그 주에 들은 중요한 이야기를 아빠에게 전달하면 어떨까?'

처음부터 무턱대고 글을 쓰자고 하면 어려울 테니 일반 독서 모임처럼 하다가 서서히 글쓰기 수업으로 바꾸어도 좋을 것 같았다.

함께 읽을 책 목록을 정했다. 최근에 내가 읽었던 책을 추천하고, 아빠가 읽고 싶었던 책을 여쭈어보았다. 방금 결정한 새로운 수업인데 아빠는 이 시간을 기다린 사람처럼, 철저하게 준비된 원고가 있는 사람처럼 읽고 싶었던 책을 좔좔 말씀하셨다.

"내가 20대에 『노인과 바다』를 재미있게 읽었거든. 지금 80대 노인이 된 상황에서 읽으면 어떤 느낌일까 궁금해. 아, 그리고 내가 고등학교 때 서울로 유학 왔잖아. 사과 궤짝 엎어서 흰 천 씌운 책상에서 교과서로만 공부하다가 서울 왔는데, 내 짝이 『주홍 글씨』란 책을 원서로 읽고 있는 거야. 서울 애들은 교과서 말고 다른 책도 보더라고. 심장이 두근거릴 만큼 놀랐고, 부러웠어. 그때 한글로라도 『주홍 글씨』를 꼭 읽어야겠다고 생각했었는데 여태 못 읽었네."

아빠가 살아온 세월만큼이나 많은 사연과 그에 따른 다양한 책 목록을 말씀하셨다. 책을 읽으신 후 이메일로 보내온 독서 감상문은 책 장면을 베껴 쓴 줄거리와 함께 "참 재미있었다."라는 느낀 점이 전부였다. 시작이 반이었다. 별다른 조언을 하지 않아도 쓰면 쓸수록 자연스럽게 분량이 늘어났고 느낀 점이 길어졌다. 밥 먹듯이, 출근하듯이 규칙적으로 글을 쓰라고 하는 작가들의 말을 아빠가 실천하고 계셨다. 요즘은 글을 쓰면 친한 사람들 이메일로 본인의 글을 보내면서 반응을 살피신다. 아빠의 글을 읽고 사람들은 흥미로워했다. 아빠 친구가 똑같은 책을 도서관에서 빌려 읽었다고 하고, 어떤 분은 덕분에 책 읽는 삶을 살게 되었다며 고맙다고 책 선물을 보내 주셨다.

"사람들이 내 글에 대한 칭찬은 안 해. 그게 진짜 속상하네."

"그런 생각을 하시는 줄 몰랐어요. 사람들의 삶에 변화를 주고 있는데 안 기뻐요? 왜 그렇게 칭찬을 받고 싶은 거예요?"

자그마한 네모 화면 속 아빠는 정지 화면처럼 움직이지 않았다. 그러고 한참 생각하시더니 말씀하셨다.

"어머니, 아버지가 쌍둥이 형들만 늘 칭찬하셨고, 난 열심히 해도 칭찬하지 않으셨어. 지금 생각해 보니 정말 칭찬받은 적이 거의 없는 것 같다."

이 순간만큼은 80대 노인의 마음이 아니리라. 아빠도 분명 어린 시절이 있었는데 지금의 모습만 생각하고 아빠의 어린 시절 모습은 상상해 본 적이 없었다. 요즘 사춘기 자녀를 키우고 있는지라 '부모가 뭘 해도 아이에게 그다지 큰 영향을 미치지 않는다.'라는 이론에 심취해 있었는데 이 말씀을 들으니 마음이 불편해진다. 요즘 내가 아이에게 칭찬 한마디 안 하며 살고 있다는 것도 떠올랐다.

6개월간의 책 수업을 끝내고 요즘은 아빠와 1:1 글쓰기 화상 수업을 하고 있다. 격주로 한 번씩 작가 선생님에 빙의해서 사는 것이다. 내가 나에게 하고 싶은 말을 아빠에게 하면서 머릿속으로 되새긴다. 글쓰기를 많이 해야 하는데, 선생님 코스프레하는 일에 집중하다 보니 연예인병 걸린 연습생 같다. 좋은 점도 많이 있다. 글쓰기 화상 수업을 시작한 이후로 글쓰기 선생님이 말씀하시는 예시까지 저절로 기억하게 된다.

"친구랑 카페에 앉아 있는데 창문 너머로 할머니 한 분이 지나가는 거예요. 폐지가 가득 담긴 손수레를 힘겹게 끌면서요. 그 할머니를 보며 '안타깝다, 힘들겠다.' 등 여러 가지 감정이 들겠죠? 이때 친구에게 자신의 감정을 직접적으로 설명하는 것보다 '저기 좀 봐.'라고 말하는 게 더 나아요. 친구가 직접 그 장면을 보게 하는 거죠. 이처럼 묘사된 장면을 보고 독자가 그 감정을 직접 느끼는 게 더 좋아요."

아빠가 나에게 어떻게 그렇게 비유를 잘 들어서 설명하느냐고 말씀하신다. 요즘 수업받고 있는 작가 선생님의 설명이라고 하니 잇몸까지 드러내며 활짝 웃으신다. 전문가의 위력이 이런 것인가 싶다.

이번 주 글쓰기 숙제는 아빠가 좋아하시는 '바둑'에 관한 글쓰기이다.

"아빠, 제목은 글 내용이 온전히 드러나면 안 되어요. 독자들이 궁금해할 제목으로 잘 정해 보세요."

바둑과 인생이 닮은 점이 너무 많다고 늘 말씀하셨던 아빠. 이번에 또 어떤 멋진 글을 완성하실지 기대가 된다. 골프나 낚시처럼 고가의 장비가 필요 없고, 기력 향상을 위해 머리를 써서 공부해야 하니 치매 예방에도 좋다나. 이 말은 꼭 넣으시겠단다. 바둑은 한

편의 전쟁 드라마와 같아서 포석, 중반 전투, 마무리의 전략이 다양하다고 추가 설명을 곁들이신다. 열심히 쓰고 계셔서 특별히 말씀드릴 것이 없어 고민하다가 아빠가 완성한 글을 읽고 바둑을 몰랐던 사람들이 바둑에 관심을 갖게 되기를 바란다고 말씀드렸다.

백발노인과 중년 딸의 새로운 놀이가 또 어떤 것으로 바뀔지 사뭇 기대된다. 어떠한 형태로든 오래오래 지속되기를….

36년

한바탕 비가 온 뒤라 그런지 하늘이 더 깨끗해 보여. 누군가가 반짝거리는 하늘색으로 정성껏 칠해 놓은 것 같고. 점차 색이 진해지는 효과까지 주면서 말이야.

요즘 잘 지내고 있니? 난 30도가 넘는 무더위를 피해 집 앞 도서관에 왔어. 열람실 한쪽 벽면은 전부 파란색 창틀이야. 창문을 바라보면 가로로 긴 텔레비전을 보고 있는 것 같아. 바람에 흔들리는 나뭇잎들이 현란하게 춤을 추네. 천천히 흘러가는 양떼구름을 바라보다가 네 생각이 났어. 요즘 연락을 자주 못 했다. 내가 연락을 안 하니 네가 전화하는 분위기였잖아. 어릴 때부터 주로 내가 먼저 연락했었는데, 반대인 지금 상황이 은근히 기분 좋아서 그거 즐기고 있었어. 몰랐지?

잠실이 배추밭이던 시절, 우리가 사는 아파트 근처에 초등학교가 없어서 비포장도로를 40분이나 걸어서 학교에 다녔었잖아. 5학년 5반. 40대 남자 선생님이 1년 내내 아이들에게 폭력을 휘둘러서 아이들끼리 똘똘 뭉쳤던 거 기억나. 선생님이 앞문으로 들어오며 앞에 앉아 있는 키 작은 아이들 머리를 출석부로 막 때리던 모습이 가장 충격적이었다. 아이들이 매일매일 폭력에 시달리다가 집에 가서 말하고, 부모님들이 학년이 끝날 때쯤 학교에 이야기해서 결국 그 선생님이 교사를 그만뒀다는 소식이 들려왔었지. 요즘 같으면 바로 교육청에 민원을 넣었을 텐데, 그 당시에는 아이들이 집에 가서 이야기도 잘 안 하고, 먹고살기 바쁜 부모님들이 모이는 것도 쉽지 않았던 것 같다.

너랑 5학년부터 친하게 지내다가 6학년 때 또 같은 반이 되어 얼마나 기뻤던지! 친한 친구랑 같은 반이 된 경험이 별로 없어서 정말 신기했어. 나보다 키가 한참 작았던 네가 너무 귀여웠다. 특히 복숭아같이 발그스름했던 통통한 볼을 잊을 수가 없어. 네가 고등학교 때 훌쩍 커 버려서 살짝 낯설기도 했다. 우리 늘 자전거 타고 만났었던 거 기억나? 지금은 잠실 탄천길이 차가 쌩쌩 다니는 도로이지만, 그때는 새로 만들어진 뒷길이었잖아. 차도 안 다니고. 굴다리 밑은 우리의 아지트였어. 친구들이랑 자전거 타고 가서 소꿉놀이 많이 했었던 기억이 나. 6학년이 소꿉놀이라니. 빨간 벽돌을 빻아서 고춧가루라고 하고, 토끼풀 뜯어다가 돌그릇 위에 올려놓고 반찬이라고 했지. 아주 어린 아이들 소꿉놀이가 아니라 나름대로 연극 공연 분위기였어. 생각해 보면 그때 즉흥적으로 지어냈던 수많은 대사를 통해 서로의 가족 이야기도 많이 나누었다.

옛날 자전거는 왜 그렇게 체인이 잘 빠졌는지. 자전거 타다가 갑자기 서서 체인을 톱니바퀴에 맞추어 가며 끼웠었어. 손에 까만색 기름이 묻는 줄도 모르고 그냥 맨손으로 만졌다가 둘이 "악!" 소리를 지르기도 하고. 근데 그렇게 문제가 생기고, 또 우리가 함께 해

결하던 모습이 참 멋지다고 느꼈어. 큰 어른이 된 것 같은 기분이 들어서 말이야.

어떤 날은 하교 후에 네 집에 놀러 갔더니 복도에 새 냉장고 박스가 있더라. 우리는 그 상자 안으로 기어들어 가 계속 감탄을 했었어.

"우와, 누워도 되겠다. 여기 꾸며 볼까?"

너는 방에서 색종이, 풀, 가위, 색 도화지 등을 왕창 들고나왔어. 전부 다 쓰다 남은 조각들이었지만. 우리는 도배를 한다며 박스 안에 조각난 색종이를 덕지덕지 붙이고, 실 끝에 별 모양을 달아서 모빌도 만들었어. 사진을 찍어 두었어야 했는데. 내 머릿속에 남아 있는 냉장고 상자 안은 엄청 화려하다. 직접 만든 공간이라 그랬을까. 내 방만큼 편안했어. 일주일 정도 그 안에서 신나게 놀았는데, 네 어머니가 우리에게 물어보지도 않고 갖다 버려서 얼마나 슬펐던지. 그 시절 어머니들은 대부분 그랬던 것 같아. 우리 엄마는 내가 전날까지 꼬옥 껴안고 자던 애착 인형을 "다 큰 애가 무슨 인형이야." 하면서 나에게 묻지도 않고 쓰레기통에 버리셨더라고. 성인이 되어 따지듯이 "그때 왜 그랬어요?" 하고 물으니, 기억도 안 난대. 그런 일이 있었냐며. 아마 네 어머니도 우리의 소중한 상자를 버렸던 거 기억하지 못하실 거야.

오빠가 한 명 있는 나는 늘 자매의 느낌은 어떤 걸까 궁금했어. 근데 요즘 네 덕분에 그 느낌을 온전히 체험하며 산다. 매일 여러 번

전화하고, 서로의 고민을 의논하고, 때로는 삶의 가치관이 달라 언성 높여 싸우기도 하고 말이야. 가족끼리 자주 만나는 것도 너무 좋아. 너의 고등학생 아들딸이 우리 집에 와서 밥 먹고 소파에 누워 있다가 가는 걸 보면, 어쩌면 보통의 자매보다 더 친밀한 사이가 아닐까 싶어.

참, 며칠 전에 내가 갑자기 화냈던 것 미안해. 네가 나에게 "너는 '과정'만을 중시하는 활동을 많이 하는 것 같아. '결과'에 별로 연연해하지 않고. 하나에 에너지를 쏟아 봐. 그러면 근사한 결과가 나올 텐데. 난 그게 안타깝다."라고 말했지. 서로의 일상과 계획을 너무 많이 알고 있어서 그럴까. 갑자기 욱하는 감정이 올라왔어. "뭐야, 너는 지금 비올라 해서 아마추어 오케스트라 들어가고, 거기에서 내년에 스웨덴 가서 버스킹하기로 했다고 목적 지향적이라는 거야? 스타일이 다른 거지! 내가 과정을 즐기니까 새로운 일에 더 도전할 수 있는 거야!"

지금 와서 고백하지만 너와 함께하는 동안 화날 때마다 주소록에서 네 이름 여러 번 지웠었다. 다른 친구는 그런 적이 없는데, 너는 더 특별해서 그랬나 봐. 다른 사람보다 섭섭함이 더 많이 느껴져서 삐지고 말이야. 몇 년 전에는 딸이 "엄마 폰에 세현 이모 번호 저장 안 해놨어? 왜 이모가 전화하면 숫자만 떠?" 하길래 뭐라고 대답할지 고민하다가 "친한 친구 번호라 외워야 할 것 같아서 일부러 그런 거야."라고 대답했어. 그때는 내가 고민 상담을 많이 하던 시기였는데, 네가 내 이야기를 한 귀로 듣고 한 귀로 흘리는 게 느껴져서 그랬어.

친밀하기에 싸울 일도 생기는 거라고 생각해. 그만큼 애정이 있는 거고. 내가 글쓰기 수업을 하면서 너는 나의 열렬한 독자가 되었지. 제발 숙제 좀 빨리하라고. 기다리는 독자 목 빠진다고 할 때는 기분이 좋았다. 누군가가 내 글을 이렇게 기다리다니. 너는 자기에게 안 보여 줘도 되니 자기를 소재로 글을 써 달라고 했어. 험담을 해도 좋고, 실수담을 써도 좋다고 하면서. 그 말 들을 때 몸에 살짝 소름이 돋았어. 이 정도까지 나를 응원하고 있구나 싶어서.

항상 고마워. 신이 주신 축복의 선물 중 하나가 네가 아닐까 싶어. 우리는 성격이 너무 달라서 각각 주변 사람을 이해하는 데 서로가 꼭 필요하잖아. 나와 생각이 다른 사람을 이해하는 데 서툰 내가 네 이야기를 듣다 보면 상대방을 이해하다 못해 연민하게 된다. 마법 같아. 진짜로. 너는 교회에서 사람들끼리 분쟁이 있을 때 어떻게 조율해야 하냐고 나에게 자주 묻지. 나는 내가 알고 있는 대화법을 총동원해서 이야기하고.

36년. 누군가와 단짝으로 36년을 지내왔다는 것 자체가 스스로 놀라워. 결혼하면 여자들의 우정은 희미하게 변한다던데 우리는 예외다. 내 남편을 네 부부가 소개해 줘서 가능한 일이었으려나. 세현아, 네가 없는 세상은 상상할 수가 없어. 표현은 자주 못 했지만 넌 이미 나에게 가족만큼 소중한 존재란다. 항상 건강 잘 챙기고, 우리 계속 자매처럼 잘 지내자.

이건 비밀인데 지금 너, 내 카톡에서 '숨김'으로 되어 있다. 며칠 후면 복구되어 있을 테니 너무 섭섭해하지는 말고. 사랑해.

윤주연

작가 노트

처음에는 남에게 보여 주지 않는 글을 주로 썼다. 대체로 나와 주변 사람들의 감정에 관한 이야기였다. 일기를 쓰고 나면 답답함이 없어지고, 목구멍에 커다란 씨가 걸린 듯한 불편함도 사라졌다. 삶의 굴곡 한가운데에서 예기치 못한 일이 생기면 글에 더 매달렸다. 글쓰기는 나에게 부작용 없는 묘약이었다.

동네 책방에서 독서 모임을 같이했던 분의 추천으로 글요일에 참여했다. 각자 자신이 써 온 에세이를 낭독하고, 합평했다. 나는 다른 사람 글에서 칭찬하고 싶은 문장에 밑줄을 치고 할 말을 적어 갔는데, 날카로운 지적이 오가는 모습에 신선한 충격을 받았다. 얼마 후 합평에 관한 나의 이해가 부족했음을 알았다. 작가의 의도를 읽으려는 모습, 근거를 갖고 교정하도록 적극적으로 돕는 모습에서 집단 지성의 힘을 느꼈다. 합평 시간은 작가와 독자, 두 입장을 온

전하게 경험해 볼 수 있는 귀한 시간이었다.

나만 존재하던 글쓰기의 세계에서 독자와 함께하는 글쓰기 세계로 옮겨 가는 과정에 서 있다. 낯선 길이라 하더라도 함께하는 사람들이 옆에 있으니 용기를 내보려 한다.

계속 쓰는 사람이 되고 싶다.

글요일을 나오며

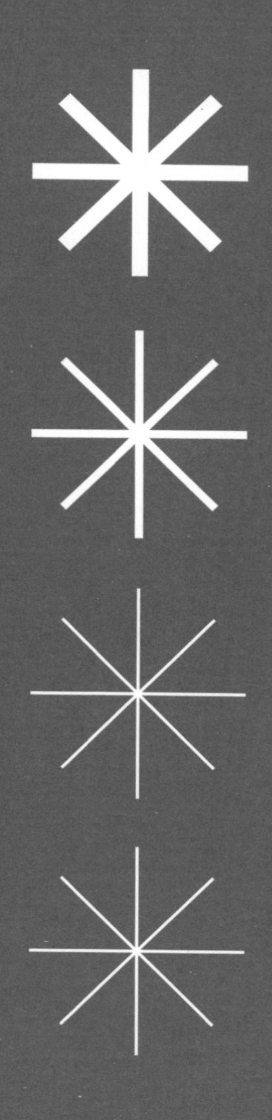

글요일이 걸어온 길

글요일은 2022년 6월부터 2024년 4월까지
동네 책방에서 매달 둘째, 넷째 주 금요일에 만났다.

2022년 6~10월

- 짧은 에세이 써 보기

A4 한 장 이내
(200자 원고지 10매 이내)

2022년 11월

- 초보 운전
- 아프다는 것

A4 한 장 반 내외
(200자 원고지 15매 내외)

2022년 12월

- 나의 실수담
- 음식

2023년 1월

- 버킷리스트
- 자유 주제

2023년 2월

- 나의 홍청망청(소확행)
- 이제까지 쓴 글을 다시 한번 퇴고하기

모임 일시
글감 및 주제
원고 분량

2023년 3월
- 편지 쓰기
- 내 안의 도깨비

2023년 4월
- 유서 쓰기
- 자유 주제로 중수필 쓰기

2023년 5월
- 내가 ~라면
- 시 한 편 써 보기

2023년 6월~ 2024년 3월
- 자유 주제

분량 제한 없음
(A4 두 장, 200자 원고지로 15~20매 권장)

2024년 4~5월
- 책에 들어갈 원고 선정 및 퇴고

글요일에서 우리가 배운 것들

— 글쓰기와 글쓰기 모임 팁

정지연

처음 글을 쓰기 시작할 때는 주로 좋아하는 것들, 기뻤던 일, 아름다웠던 삶의 풍경 한 자락이라든가, 간직해 온 소망을 이야기했다. 나라는 사람의 장점을 드러내는 글이나 내가 기억하고 싶은 순간을 그린 글이었다. 그랬더니 글에 사건과 갈등이 없어 지나치게 잔잔하고 관조적이라는 평을 받았다.

행복했던 이야기를 쓰면 팔자 좋은 속 편한 소리 정도로 그치기 쉬웠다. 내 취향의 소재들만 늘어놓다 보니 읽는 사람이 공감할 수 있는 폭도 좁고, 글 쓰는 자신에게 취해 있는 인상을 주기도 했다. 혼자 만끽하며 쓴 글은, 나중에 글을 읽는 이와 체온을 맞추기 어렵다는 것을 배웠다. 합평을 해 보니 글쓰기는 읽는 이와 호흡을 맞춰가는 일이었다. 한 발짝, 한 발짝 함께 걸어가야 했다. 혼자서 숨차게 달려 나가거나, 느닷없이 널뛰기를 해서는 곤란했다.

글 속으로 사람들을 초대하려면 동시대인으로서 나눌 수 있는 고민이나 내가 겪었던 갈등, 힘들여 극복한 체험 같은 것이 글에 녹아 있어야 했다. 그래서 살면서 크게 부딪혔던 한계 상황이라든가 남과 싸웠던 일, 후회하는 일 들을 떠올렸다. 이 책에 실린 내 글은 그런 성격의 글들이다. 내가 고르기도 했고, 글요일 동료들이 골라 주기도 했다.

내가 극복하지 못한 나의 어쩔 수 없는 점이라든지 좌절하고 절망에 빠졌을 때 어떻게 했는지 등등. 그런 이야기를 써 와서 읽고 나눌 때 사람들이 한층 더 귀 기울여 주는 것을 느꼈다. 내게 별다른 감상을 전해 주지 않아도, 숨죽이고 집중해 들어 주는 것만으로도 위로받고 존중받고 인정받는 기분이었다. 덕분에 점점 더 담담하게, 당당하게 써 내려갈 수 있었다. 독자라는 존재의 힘을 실감했다.

함께 글을 쓴다는 것은 책장에 전집을 들이는 일과 같았다. 타인의 글을 읽는다는 것은, 지금껏 표지와 책등만 보던 책을 뽑아 펼쳐 드는 것과 비슷했다. 여러 사람을 만나서 동시에 글을 나누기 때문에, 전집을 들여놓고 함께 한 권씩, 조금씩 읽어 나가는 기분이었다. 글쓰기 만남을 거듭하며 챕터 1, 챕터 2를 넘기듯 한 명, 한 명을 새롭게 알아 갔다. 어렵고 시간이 들었지만, 표면이 아닌 깊이로 서로를 만나는 색다른 경험이었다. 글요일은 소장 가치가 충분한 전집이었다.

글쓰기 모임을 할 때 꼭 가져갈 준비물 하나로 고마운 마음을 꼽고 싶다. 읽을 책이 넘쳐나지만 좀처럼 볼 시간을 내기 어렵다. 일상에서 어렵게 틈을 내어 간신히 책을 펼치는 데까지 다다른다 해도 어찌나 집중하기가 힘든지. 작가가 여러 번 퇴고하며 다듬고, 편집자가 교정을 거듭한 잘 정돈된 문장들도 말이다. 하물며 글쓰기를 막 시작한 사람의 초고는 어떨까. 서툴고 거칠다. 글 속에서 중

언부언할 때도 있고, 때론 자의식이 넘쳐 과한 느낌이 들 때도 있다.

아직 글과 글 쓴 자신이 분리되지 않아서, 글 자체를 보고 한 말을 글 쓴 사람을 향한 지적이나 공격으로 받아들이는 바람에 엉뚱한 포인트에서 뾰족한 마음이 비집고 나오기도 한다. 어떻게든 글에 담아 보려 애쓴 내 마음을 몰라준다는 서운함에 그만 눈물이 터질 때도 있다. 합평 자리는 이런 골치 아프고 곤란한 부담도 함께 나누어 짊어지는 시간이다. 여러 불편함을 무릅쓰고 소중한 시간을 내어 내 모자란 글을 아낌없이 읽어 주는 사람들에게 어찌 감사하지 않을 수 있을까. 서로의 부족함을 받아 주고 품어 주는 고마운 이들임을 기억하면, 같은 한마디라도 좀 더 부드럽게 나갈 수 있지 않을까 한다.

글쓰기 팁

- 나이를 잊자. 여섯 살 때 이야기를 쓰면 여섯 살 때의 나로 돌아가고, 스무 살 때 이야기를 쓰면 스무 살의 나를 불러온다. 그때 지나쳤던 내 마음을 제대로 읽어 볼 유일한 기회일 수도 있다. 그 당시로 돌아가서 써 보자.
- 작업 시간을 정하자. 꾸준히 글을 쓰려면 습관으로 삼아야 한다. 뮤즈는 쓰다 보면 찾아온다.
- 불필요한 조사와 중복 표현은 생략하자.

- 한 문장에서 한 이야기만 한다.
- 집 안에 글 쓰는 자리를 만들자. 거기 앉아 있는 동안은 '방해 금지'를 공표하자.

글쓰기 모임 팁

- 모임 시간과 마감 시간을 최대한 지키자. 약속을 지키는 건 신뢰의 바탕이다. 신뢰는 관계의 최소 기준이다. 믿음이 있어야 함께 뭔가를 도모할 수 있다. 내가 제일 힘든 것 같아도 다들 어렵게 시간을 내고 안간힘으로 글을 써 온다는 걸 잊지 말자. 여러 사람이 함께 공들여 결정한 계획이 나 하나 때문에 바뀌거나 미루어질 수 있다는 책임감을 느끼자. 저마다 나누어 가져서 비교적 가벼운 책임감이지만, 나도 엄연한 1/n인분은 챙겨야 한다는 것을 알자.
- 간혹 시간과 마감을 못 지키는 사람이 있더라도 각자 처한 상황에 따라 사정이 있음을 이해하자. 가끔은 느슨하게 마음을 열어두는 유연성도 필요하다.
- 나이를 잊자. 합평 모임 안에서 우리는 동등한 글쓰기 초보일 뿐이다. 겸허한 사람이 배울 수 있고, 비운 사람이 뭔가 채워 갈 수 있다.
- 시작하는 사람이 부족한 건 당연하니, 못 쓴다고 한탄하지 말자. 힘만 빠진다.
- 우아하게 찬사받는 기술을 익히자. 비판만 받으러 온 것은 아닐

텐데, 칭찬 알레르기에 걸린 사람이 많다. 좋은 점을 짚어 준 이를 무안하게 할 때가 있다. 그냥 고맙다고 하면 된다. 칭찬받은 부분은 글 쓸 때 언제나 꺼내어 쓸 수 있는 나만의 무형재산이다. 내 장점과 강점을 하찮게 여기지 말고 잘 간직하며 불려 나가자.

시윤정

나는 하나의 글에 여러 메시지를 담아내는 버릇이 있어.

글이라는 건 제한된 분량이 있잖아. 보통 에세이는 A4 한 장에서 두 장 정도 분량이야. 그런데 난 심하게는 다섯 장까지 쓸 때도 있었어. 분량이 많은 것도 문제이지만, 너무 많은 이야기를 두서없이 하니까 글에 담고자 하는 핵심이 흐려지는 거야.

생각해 봐. 글을 읽는데 작가가 하려고 하는 중요한 이야기들이 줄줄이 소시지처럼 끊이지 않고 나오는 거야. 처음에는 A, 어느새 B, 마지막에 가서는 C까지. 독자는 어떨 것 같아? 엄청나게 헷갈리겠지. 글에 너무 많은 이야기를 담다 보면 도대체 무엇을 이야기하고자 하는 글인지 알 수가 없게 돼.

의도적으로 한 글에 한 가지 주제만 담으려고 노력했어. 쓰다 보면 자연스럽게 딸려 오는 여러 부차적인 감정과 기억이 있어. 일단 쓰더라도 나중에는 다 삭제해. 그렇게 덜어 내는 과정 없이는 제대로 된 방향으로 이야기의 물줄기가 흘러갈 수가 없으니까.

여전히 노력 중이야. 나쁜 버릇을 완전히 고쳤다고 말한다면 그건 거짓말이겠지.

단, 글쓰기 모임을 하다 보면 나처럼 자기의 나쁜 습관을 보다 빨리 알아차릴 수 있게 돼. 합평을 통해 다른 사람의 입으로 전해

듣게 되거든. 또, 자기가 쓴 글을 발표하면서 스스로 명료하게 인지하게 되기도 하고.

그래서 쓴 글을 다른 사람에게 보여 주기를 권해. 단, 네가 쓴 글을 성의 있게 읽어 줄, 독서에 어느 정도 훈련이 된 사람들에게 보여 주면 좋을 것 같아. 일반적으로 글을 쓰려는 마음을 가진 사람들은 숙련된 독자일 가능성이 높거든. 글쓰기 모임을 하면 읽기 모임을 하는 것과 같은 일석이조의 효과를 얻을 수도 있어. 쓰는 사람은 곧 읽는 사람이기도 하니까.

나는 글쓰기 모임을 통해서 글뿐만 아니라 한 사람으로 성숙할 기회를 많이 얻게 되었어. 다른 모임도 그렇겠지만, 글쓰기 모임은 성별, 나이, 외모, 살아온 이력 등등 여러 면에서 다른 사람들과 보다 내밀한 이야기를 나눌 좋은 기회였어.

내가 쓴 글을 남에게 보여 주는 건 약간의 용기가 필요해. 내가 보기에 완벽하지 않은 글을 다른 사람에게 보여 주는 게 처음엔 창피하게 느껴질 수도 있어. 칭찬받아서 우쭐해지거나 혹은 비판받아 움츠러드는 경험도 하게 돼.

하지만 마음을 단단하게 먹어 봐. 네가 쓴 글을 다른 사람에게 건네야 하는 이유가 있거든. 자기가 쓴 글을 완전히 객관적인 눈으로 바라볼 수 있는 거리감을 처음부터 갖기는 어려워. 너를 대신해서 네가 알아차리지 못한 실수를 찾아 줄 눈 밝은 동료가 꼭 필요해.

쓴다는 건 힘들면서도 행복한 일이야. 하지만 함께 글 쓸 동료를 갖는 건 '행복하기만 한 일'이 될 거야.

글쓰기 팁

사실 난 글쓰기에 관해선 할 말이 없어. 시중에 좋은 책들이 많으니 참고해. 뭐랄까. 훈수 두는 입장이 되는 건 어색하기만 해.

다만, 계속 써도 좋을지 움츠러들 때가 있어. 그럴 때면 글요일에서 들은 어떤 책의 한 구절을 떠올려.

"어떤 글은 그 결함 때문에 오히려 사랑받는다."

어때, 도움이 될까?

글쓰기 모임 팁

사람마다 처한 상황이 다르니까 아무래도 배려하는 마음을 가지려고 해. 그렇게 서로를 생각하면서 모임을 해도 오해가 생기더라. 근데 모임을 하면서 겪는 갈등이 꼭 나쁜 걸까? 내 경우에는 아니었어. 어떤 종류의 갈등이든 곱씹어 보면 우리라는 사람이 어떤 모양으로 생겼는지 더 잘 알게 되더라.

한진희

친한 친구와 오랜만에 만났다. 근황을 전하다가 글쓰기를 용기 내 배우고 있다고 했다. 국문과를 졸업한 친구는 도움이 될지 모르겠다며 오래된 글쓰기 책 한 권을 주었다. 머리말에서는 글쓰기에는 준비물이 필요한데 기꺼이 쓰겠다는 마음과 약간의 배짱만 있으면 된다고 했다. 도대체 글쓰기가 뭐라고 배짱까지 필요하다는 걸까? 본문에는 배짱의 사전적 의미도 적혀 있었다. "'소심하지 않고 대담하며 적극적인 마음가짐'을 뜻하는 입말."이라는 뜻이었다.

나는 좀 겁도 많고 소심하고 두려움이 많은 편이라 책에 나온 배짱의 사전적 의미가 마음에 들지 않았다. '뭐 소심한 사람은 글도 못 쓰나?' 집에 있는 두꺼운 국어사전도 찾아봤다. "꿀리거나 눌리거나 기를 펴기 어려운 상황에서, 조금도 굽히거나 겁을 먹지 않고 고집스레 버티거나 제 뜻대로 하는 태도나 마음의 상태." 나는 잘 꿀리기도 하고, 겁도 많은데…. 이번에는 인터넷에서 사전을 열어 배짱을 적어 보았다. "마음속으로 다져 먹은 생각이나 태도." 이번 사전적 의미는 거창하지 않고 좀 마음에 들었다.

나는 글쓰기를 제대로 배워 본 적도 없었다. 일기, 편지, 리포트 정도만 써 봤다. 거의 혼자 쓰고 읽는 글쓰기만 하고 살았다. 그래서 함께 읽고 쓰는 글쓰기는 내 알몸을 보여 주는 것처럼 느껴졌다.

마음 편히 옷을 벗고 유유자적 돌아다녀도 괜찮은 장소가 한 곳 있다. 목욕탕에서는 모두 알몸이지만 서로 신경 쓰지 않는다.

얼마 전 목욕탕 출입구에 아저씨 서너 명이 문이 고장 났다며 달라붙어 낑낑거리고 있었다. 입구에서 불과 열 발짝 정도만 들어가면 탈의실이다. 입구에서 들어갈까 말까 망설이는 사람은 나밖에 없었다. '기왕 왔는데 목욕하고 가자.'라고 마음먹고 들어갔다. 탈의실에 있는 사람들도, 목욕탕에 있는 사람들도 모두가 여유롭게 자기 할 일에 매진하고 있었다.

나만 목욕탕 입구가 활짝 열려 있다는 것을 아는 것 같았다. '에잇, 뭐 있어. 나만 홀딱 벗은 것도 아닌걸.' 하면서도, 그래도 혹시 모른다는 생각에 수건 한 장을 손에 잡히는 곳에 두고 씻었다.

여탕 출입구가 한동안 열려 있었지만, 그날 아무 일도 일어나지 않았다. 2주에 한 번 목욕탕 글쓰기를 통해 없던 배짱과 뻔뻔함도 아주 조금 자랐다. 아무도 때가 많다고 흉보지 않았고, 오히려 등을 밀어 주었다. 글쓰기를 잘하는 방법은 아직 모른다. 다만 나같이 겁 많고 남에게 글을 보여 주기가 두려운 분들에게 이야기해 주고 싶다. 남 앞이라고 창피하다고 옷을 입고 목욕할 수는 없다. 글쓰기도 마찬가지다. 창피하다고 가리고 쓰면, 그 글은 옷 입고 씻은 느낌일 것이다. 솔직해지자. 나를 유심히 보는 사람도 없고, 각자 씻기도 바빠 신경도 안 쓰니 안심해도 된다. 글쓰기를 목욕탕 정기권을 끊고 다니듯 꾸준히 썼으면 좋겠다.

글쓰기 팁

- 문장을 짧게 쓰는 연습부터 한다. 한 문장에 서술어가 하나만 남게 하자.
- 지나친 설명은 걷어 낸다.
- 퇴고할 때 소리 내서 읽어 본다. 핸드폰에 녹음해서 들어 보는 것도 도움이 된다.
- 나만의 단어 노트를 만들기. 책을 읽다 재미나고 새로운 단어를 보면 적어 둔다. 글을 쓸 때 반복되는 단어가 나오면, 이 노트를 활용해서 다양하게 바꿔 본다.
- 서술어는 다양하게 사용한다.

글쓰기 모임 팁

- 결석하지 말고 성실하게 나간다.
- 처음 합평하다 보면 자신감을 잃기 쉽다. 다시 쓸 수 있도록 나를 위로하거나 격려하는 것을 찾아 둔다.
- 나와 맞지 않는 글쓰기 모임에 들어갔다면 좌절하지 말고 다시 찾아본다.

- 시간을 잘 지킨다.
- 함께 책을 내게 된다면 적극적으로 참여하자. 주제를 정하는 것부터 퇴고까지 글쓰기 공부를 좀 더 심도 있게 할 수 있다.

최다올

에세이 쓰는 모임을 함께하자는 제안을 받았을 때 많이 망설였다. "나는 시 쓸 건데? 아니, 에세이를 써 본 적이 없는데 할 수 있을까?" 낯설게 보기, 함축적인 의미와 은유 기법, 특이하고 참신한 단어. 시를 쓰던 나는 이런 생각을 가장 많이 했다. 초창기에는 도통 적응하지 못해서 생뚱맞게 혼자 시를 써 가기도 했다. 그럼에도 넓은 마음으로 '우쭈쭈' 해 주었던 나의 글 동지들.

시는 함축적인 단어에 감정을 적당히 숨길 수 있고 표현한 그 자체로 여러 해석이 가능했기 때문에 처음에 에세이도 어려운 말과 과잉된 감정으로 썼다. 그러나 진짜 마음은 꼭꼭 숨긴 채 뭉텅이로 내놓은 겉포장만으로 사람들에게 공감받기는 어려웠다. "이게 무슨 뜻이에요?" 합평 시간에 자주 받는 질문이었다. 나는 그 문장 안에 든 감정을 일일이 설명하는 것이 낯설고 어색했다. 숨기고도 싶었다. 적당히 해석하고 알아주길 바랐다.

에세이는 솔직해야 한다는 점이 어려웠다. 내 안에서 충분히 뜸을 들이고 그걸 내가 소화해야지만 모두가 공감하고 나도 만족하는 글이 만들어졌다. 글을 쓰면서 내 감정을 해부하듯 꼼꼼히 살펴야 했다. 어느 정도 시간이 지나니 '이렇게 쓰면 이런 지적을 받겠다.'라는 느낌도 왔다. 무시하고 그냥 써 간 날은 어김없이 지적받았다.

에세이를 쓰며 나를 계속 깨 가는 연습을 한 것 같다. 내가 생각하던 시 쓰기와 반대였다. 친숙한 일상에서 특별하게 다가오는 감동을 담백하고 구체적으로 써야 했다. 함축적이고 은유를 많이 쓸수록 글은 난해해지고 물음표투성이가 됐다. (지금도 나는 이 글이 난해해질까 봐 걱정이다.) 에세이는 별미가 아니라 우리네 '밥'이다. 늘 먹는 밥이지만 기분에 따라, 컨디션에 따라, 또 같이 먹는 사람에 따라 그 맛이 다르듯 에세이도 일상에서 얻는 울림을 어떻게 기록하느냐에 따라 달라졌다.

다음으로 시급한 문제는 단문으로 쓰기였다. 문장 하나에 하나의 이야기를 담아야 하는데, 호흡이 길었다. 단문은 간결하기보다는 어린아이 글 같다는 잘못된 인식에서 비롯한 문제였다. 이 또한 지적을 많이 받았다. 단문으로 짧게 끊어 쓰기. 이렇게 쓰면 글이 더 명료해졌다. (그래서 지금 이렇게 단문으로 잘 써지나?)

혼자서도 글을 잘 쓰는 사람도 있겠지만, 이런 과정을 거친 사람으로서 글쓰기 모임에 들 것을 추천한다. 나도 내 글을 보여 주는 걸 좋아하지 않았다. 하지만 글쓰기 모임에 들어가서 여러 사람에게 글을 보여 주고 받은 피드백은 내 자산이 된다. 물론 합평 시간에 두들겨 맞은 날은 기분이 좋지 않다. 하지만 결국 내 글이 더 나아지기 위한 과정이니 왼쪽 뺨을 맞았으면 더 때려 달라고 오른쪽 뺨도 내밀어야 할 판이다. 글쓰기 모임에 온 이들은 글을 잘 쓰고 싶은 사람들이다. 그런 모임에 진보는 있어도 퇴보는 없다.

글쓰기 팁

- 책 특히 시집을 많이 읽자. 책에서 얻은 한 줄, 한 단어에서 영감을 받을 때가 있다. 내가 하지 못한 경험과 모르는 세상이 책 속에 담겨 있다.
- 메모하는 습관을 기르자. 갑자기 떠오른 영감은 나중에 생각도 안 난다. 갑자기 생경하게 다가오는 단어나 기분을 짧게라도 메모하자. 그 씨앗이 큰 나무가 되어 준다.
- 글을 쓰기 전에 시간을 갖자. 내 안의 이야기를 충분히 뜸 들이고 소화하는 시간이 있어야 한다.
- 이야기가 특별하다고 특별하게 쓰려고 하면 안 된다. 담백하고 구체적으로 쓰자.
- 되도록 문장을 짧게 끊어서 쓰자. 쓰는 사람은 힘들어도 읽는 사람은 편하다.

글쓰기 모임 팁

- 합평에서 왼쪽 뺨을 맞았으면 더 때려 달라고 오른쪽 뺨도 내밀자. 다른 사람에게 받은 피드백은 결국 모두 내 자산이다.
- 잘못을 짚어 주는 것만큼이나 응원과 격려가 힘이 된다.

• 나는 글요일에서 '액션파'라는 별칭을 얻었다. 글의 전개가 시원시원하기 때문이다. 합평할 때 잘못만 지적하지 말고 장점도 짚어 주자.

노분희

내가 글요일에서 받았던 피드백 중에서 가장 기억에 남는 것은?

처음 쓸 때는 다행히 어렵지 않았어요. 일기장에 썼던 내용을 다른 사람이 보는 글로 정리해서 썼으니까요. 그걸로 받은 공감은 글을 다시 쓰게 하는 동력이 되었어요. 한 달에 두 번씩 정하는 글감도 신선했고요. 일 년쯤 됐을 때, 벌써 정체기가 온 건지 비슷한 피드백이 한참 이어졌어요. "글에 힘이 많이 들어갔다. 쉽게 쓰면 좋겠다." 같은 평이었어요.

문제를 극복하기 위해 기울인 노력은?

같은 피드백을 계속 듣는데 일단 제가 답답하더라고요. 발전이 없는 것 같아서요. 오탈자, 비문은 비교적 쉽게 눈에 띄었는데 글은 잘 고쳐지지 않았어요. 말처럼 글도 습관이라 그런가 봐요. 게다가 생각과 감정을 가장 적절한 단어로 옮기는 일도 어려웠어요. 선생님의 조언과 합평 때 나눈 글쓰기 팁을 듣고, 더 쉬운 단어로 바꾸려고 했어요. 관념어 같은 말은 쉽게 풀어서 썼고요. 예를 들어, "경이로움을 느꼈다."라는 표현은 "갑자기 풍경이 달라 보였고, 나 자신이 작아지는 느낌이 들었는데, 이게 참 좋았다."처럼요. 고쳐 쓴 문장도 마음에 쏙 드는 건 아니었지만요.

비유도 자주 끌어다 썼어요. “돌아보니 그 시절이 힘들어도 의미 있었다.”를 “애벌레는 나비가 될 때까지 고요해 보이지만, 안에서는 곤죽이 되는 시간을 거친다.”와 같은 표현으로요. 그런데 이 표현은 퇴고할 때 제일 먼저 뺀 부분이에요. 솔직히 말하자면, 힘들었던 시간을 아름답게 포장하고 싶었어요. 그러다 은유에 제가 갇히기 시작했죠. 사람마다 비유를 보고 떠오르는 이미지가 다 다르잖아요. 제가 쓴 문장의 해석도 다양하더라고요.

다시 처음으로 돌아가서, ‘나는 더 적확하게 쓰고 싶다.’에서 시작했는데, 도달한 곳은 ‘글이 어렵다.’였어요. 슬프고 기쁘고 화나는 순간을 그대로 쓰기보다는 상황으로 묘사하고 싶었어요. 그래야 읽는 사람들에게 부담 없이 다가가는데 그 부분이 저에게는 숙제였어요. 계속 쓰다 보니 ‘열심히 쓰려는 의욕’은 적어지고 대신 글과 ‘쓰는 나’ 사이의 공간이 생기는 것 같았어요. 연필을 꽉 쥐고 쓰다가 살짝 힘을 빼고 연필을 더 넓게 잡으면서 쓰는 거랄까요. 그러니 오래는 쓰겠더라고요. 모든 운동도 힘을 빼라고 하잖아요. 쓰는 힘을 빼는 게 가장 어려웠고 지금도 그래요. 말하듯 툭툭 쓰고 꼭 필요한 곳에만 힘줘 쓰기. 머리로는 알겠는데, 손은 아직 모르는 것 같아요. 계속하다 보면 물 흐르듯 쓰는 날이 오겠죠. 아무튼 그냥 쓰는 것, 그것밖에는 없더라고요.

글쓰기 모임을 하고 싶은 분들에게 해 주고 싶은 이야기는?

일단 자기가 글쓰기 모임에 왜 참여하고 싶은지를 잘 생각해 보면 좋겠어요. '나는 왜 쓰려고 하는가?'를 고민하고, 그다음에 함께 쓰기의 장단점을 고려해 보는 거죠. 같이 쓰다 보면 다른 사람의 의견도 듣고, 내가 모르는 안 좋은 습관도 알 수 있어요. 힘든 시절이 담긴 글을 자세히 읽고, 다정한 답을 주는 글동무를 만날 수 있어요.

단점을 꼽자면, 누군가가 자기가 쓴 글을 보고 성격이나 가치관을 판단하는 말을 무심코 뱉는 경우예요. 그런데, 책 모임이나 다른 취미 모임에도 그런 일은 생겨요. 다양한 생각을 지닌 사람들이 모이니까요. 자신의 평소 가치관을 잘 돌아보고 퇴고할 때 참고하면 돼요. 많이 신경이 쓰인다면, 모르는 사람들과 함께하는 걸 추천해요. 선입견이나 편견이 덜할 수 있으니까요. 마지막으로 고려할 점은 '오래 함께할 수 있느냐?'예요. 집이나 직장 가까운 곳이 괜찮겠어요.

선생님이 있는 게 좋을까요? 아니면 없는 게 좋을까요?

모임 구성원의 글쓰기 구력에 따라 달라진다고 봐요. 가볍게 시작하고 싶을 때는 처음 쓰는 사람들과 같이하기를 추천해요. 다 같은 초보로 시작하면, 서로 격려하기 쉬우니까요. 선생님이나 어느 정도 안내해 줄 사람이 필요하다 싶으면, 그때 알아봐도 좋고요.

문화센터나 공공 학습기관에서 글쓰기 수업을 들었다면, 후속 모임을 추천해요. 보통 4주 정도는 선생님 지도하에 함께 쓴 사람들이니 이어지기 쉬워요. 글 쓴 시간이 꽤 되고 등단같이 목표가 뚜렷한 분들은 인터넷 카페에서 모임을 만들거나 기존의 그룹에 들어가더라고요.

개인별 합평 시간은 어떻게 정하는 게 좋을까요?

우리는 한 달에 두 번, 2주에 한 번씩 만났어요. 보통은 그달의 첫 번째 모임에는 초고를 가져와서 합평하고, 그다음 모임에는 퇴고한 글을 가져왔죠. 모임 마지막에는 다음에 쓸 글감을 정했고요. A4 2장 내외의 분량이었어요. 한두 명씩 빠질 때도 있었지만, 대체로 8명에서 9명이 모였어요. 인원수만큼 다양한 의견을 들을 수 있었어요. 모임 시간은 3시간 30분, 쉬는 시간도 있어야 하니까 한 명당 20분으로 잡았어요. 하지만, 1인당 30분 정도를 추천해요. 읽다 보면 글 쓴 사람의 말도 듣고 싶어지거든요.

글쓰기 팁

- 글쓰기도 시동 거는 시간이 필요해요. 바로 써지지 않는다고 머리를 잡아당기지 말아요.
- 쉬운 단어를 쓰는 게 좋아요.

- 글이 써지지 않을 때는 종이를 찢거나 자르면 긴장이 조금은 풀려요.
- 음악을 들으면서 써 보세요.
- 과자나 케이크를 먹어 주면 글쓰기에 가속도가 붙어요.

글쓰기 모임 팁

- 이름보다는 닉네임, 호칭은 님 또는 샘으로. 나이 차이를 덜 느끼게 해 줘요.
- 공간부터 정하면 모임에 지속적인 안정감을 줘요.
- 출간을 목표로 잡거나 기한(1년 또는 2년)을 정하고 시작. 끝나는 시간이 가까울수록 시원섭섭함도 느낄 수 있어요.
- 일 년에 한두 번은 야외 모임을 추천. 산, 공원, 카페, 공간 대여를 하는 곳 등.
- 합평 시 기준을 세우는 게 좋아요(에세이, 시, 소설 등 글의 종류마다 다름). 그럼에도 다른 얘기는 나오기 마련이니까 '피가 되고 살이 된다.'라는 마음가짐과 '모든 말을 다 반영할 수 없다.'라는 태도를 동시에 장착하길 바라요.

이영실

내가 글요일에서 받았던 피드백 중에서 가장 기억에 남는 것은?

책에 실린 「우리의 봄날」이라는 글에서 낡은 내 차를 표현하며 "써금써금하다."라는 말을 썼는데, 무슨 뜻인지 모르겠다는 말을 들었던 기억이 나네요. '써금써금'은 전라도 사투리로 낡은 상태를 뜻하는데, 이 느낌을 다른 말로 어떻게 표현할지 고민을 많이 했었습니다. 결국 그대로 두었는데, 글은 되도록 많은 사람이 이해할 수 있는 말로 써야 한다는 점에 관해 다시 생각하게 했던 피드백이었습니다.

문제를 극복하기 위해 기울인 노력은?

책을 읽으며 다양한 단어를 접하고 싶었어요. 어휘를 늘리고 싶어서 참고할 만한 책은 샀지만, 쌓아 놓고 있는 것으로 만족한 상태가 되었어요. 읽지도 못했으면서 읽은 것같이 착각하고 있는 상황이라, 더 노력하고 극복해야 합니다.

글쓰기 모임을 하고 싶은 분들에게 해 주고 싶은 이야기는?

보이지 않는 마음을 글로 표현하는 것이 글쓰기인데, 자신의 마음을 필터링하며 글을 쓸 생각이라면 혼자 일기를 쓰라고 말하고 싶어요. 글쓰기 모임은 글로 표현된 서로의 생각을 지지하고, 격려하고, 공감하는 사람들이 함께하는 것 같아요. 그렇기에 어느 모임보다 진솔하고 편안한 모임이 되더라고요. 글을 쓰고 싶다면 '나'를 먼저 드러낼 수 있어야 하지 않을까요.

글쓰기 팁

1. 일단 쓴다.
2. 다른 사람과 함께 읽는다.
3. 다시 고친다.
4. 모든 상황을 기록하려고 노력한다.
5. 노력만으로는 안 된다. 또 쓴다.

글쓰기 모임 팁

글이 쓰고 싶은데, 다른 사람들이 내 글을 어떻게 생각할지 걱정되나요? 세상 사람들은 너무 바빠서 생각보다 내 글에 큰 관심이 없을 수도 있습니다. 글쓰기를 고민 중이라면 일단 시작하세요. 특히, 지금 삶이 힘든데 어찌해야 할지 모르겠고 삶의 무게가 너무 무겁다고 느껴진다면, 그 무게를 글로 옮겨 내려놓으세요. 분명 도움이 될 거예요.

임정명

내가 글요일에서 받았던 피드백 중에서 가장 기억에 남는 것은?

글이 너무 짧고, 생략된 이야기가 많다.

읽는 사람에게 설명이 필요하다.

내가 아는 것을 남들도 알 거라고 생각하지 말아라.

문제를 극복하기 위해 기울인 노력은?

내면을 들여다보기 위해 책방 친구인 심리상담사에게 상담받았다.

떠오른 기억을 흘려보내지 않으려고 붙잡아 계속 생각했다.

생각한 것을 최대한 자세히 쓰고, 나중에 군더더기를 지웠다.

글쓰기 모임을 하고 싶은 분들에게 해 주고 싶은 이야기는?

솔직해야 한다. 솔직함을 바라보는 타인의 시선에 무뎌져야 한다. 그러고 나면 더 솔직해질 수 있고 홀가분해진다.

글쓰기 팁

- 쉬운 단어를 쓴다.
- 한자어, 번역 투, 접속사는 되도록 피한다.

- 문장을 짧게 쓴다.
- 글이 마음에 들지 않아도 그냥 되는 대로 쓴다. 그러고 나서 여러 번 퇴고하면 된다.
- 글을 완성한 후, 소리 내어 읽어 본다.

글쓰기 모임 팁

- 시간을 잘 지킨다. (모임 시간, 글 마감 시간)
- 글에 대한 쓴소리를 나에 대한 공격으로 오해하지 말자.
- 다른 사람의 글을 잘 읽고, 성의 있는 피드백을 한다.
- 약간의 간식은 분위기를 부드럽게 만든다.

곽민주

글요일에 오기 전 러시아에 잠시 살았었다. 낯선 언어 속에서 어디로 가야 할지 방향을 잃고 제자리걸음을 할 때쯤 러시아-우크라이나 전쟁이 일어났다. 전쟁이 나를 바꿔 놓았다. 나는 한국에 돌아왔지만, 누군가의 아내로 엄마로 잠시 머물다 갈 생각이었다. 그런데 낯선 언어가 아닌 모국어로 생각을 자유롭게 표현할 수 있게 되면서, 나는 그 이전의 내가 아닌 어디에도 속하지 않는 고유한 '나'를 찾고 싶어졌다. 내가 쓴 문장에는 '나'라는 표현이 많았다. 나는 '나'라는 표현을 쓸 때마다 불현듯 깨닫고는 했다. 글에서 '나'로 표현된 나는 진짜 내가 아닐 수도 있다는 것을.

내가 경험했던, 타인이 알지 못하는 일들을 말하고 싶어졌다. 참을 수 없는 존재의 무거움이랄까. 꺼내기 불편한 이야기를 언어로 표현하면서 묘한 카타르시스를 느꼈다. 막혔던 수챗구멍이 시원하게 뚫리는 것처럼. 가장 말하기 힘들었던 아빠와 엄마에 관한 이야기를 쏟아 냈을 때 묵직한 돌을 내려놓는 기분이었다. 그게 뭐가 되었건 쏟아 내니 마음은 가벼웠다. 하지만, 나를 아는 사람들이 내 글을 보고 나라는 사람에 관해 몰랐던 사실을 알게 되었을 때 어떤 반응을 보일지 고민이 많아졌다. 에세이는 나의 경험을 이야기한다. 경험하지 않은 것을 글로 표현하기는 힘들다. 특히 나는 글과 나라는 사람을 분리해서 생각하기 어렵다. 글에는 어느 정도 윤색도 필요한데, 이 책에서 여과 없이 드러낸 감정이 독자에게 부담으로 느껴졌을지도 모르겠다. 날 것은 날 것 그 자체로 낯설고 생경하니까.

말하고 싶은 바를 문장으로 표현하는 게 가장 어려웠다. 생각을 글로 담아내는 게 어려웠다. 이건 글쓰기 연습이 부족해서라는 생각이 든다. 앞으로 더 갈고 닦아야 갖출 수 있는 능력인 듯하다. 노력도 능력이다.

글쓰기 팁

- 매일매일 조금씩 글을 써서 글쓰기를 습관으로 만들자.
- 읽기는 쓰기가 아니다.
- 작가의 북 토크 등에 참여하면서, 글을 쓰고 있다는 착각에 빠지지 말자.
- 말이 안 되고 문법에 어긋나더라도 일단 쭉 써 보자.
- 글을 쓸 때는 사람을 멀리하자. 만날 사람 다 만나다가는 글 쓰는 흐름을 놓친다.

글쓰기 모임 팁

- 함께 글을 쓰는 것과 공저를 내는 것은 다르다. 공저를 낼 때는

신중해지자.

- 합평할 때 무조건 진실을 말하지는 말자. 누군가의 마음이 다칠 수도 있다.
- 간식을 멀리하자. '간식 뭐 싸 갈까?'를 신경 쓰는 게 마감보다 더 초조하다.
- 글쓰기 모임은 친목 모임이 아니다. 글 쓰는 목적이 뚜렷해야 모임의 정체성이 흔들리지 않는다.
- 글쓰기 모임이 골프 모임보다 낫다. 시간과 비용도 덜 들고, 나가고 싶지 않을 때는 잠시 쉬어 가도 좋다.

윤주연

전 프로게이머 중에 '전설의 세팅 박'이라는 사람이 있다. 닉네임에서 느껴지는 그대로 경기 시작 전 기나긴 세팅 시간으로 유명했던 선수이다. "마우스 감도가 이상해요."로 시작된 자기만의 의식과도 같은 사전 작업은 키보드의 키압, 키감, 마우스와 PC의 반응 속도를 넘나들며 상대 선수와 관중을 하염없이 기다리게 했다. 세팅으로 30분이 지연된 한 경기에서는 그의 세팅이 종료되자 관중들이 기립 박수를 보내기도 했다. 그날 경기는 허무하게도 15분 만에 끝났다. 본인이 의도하지는 않았겠지만, e스포츠의 세팅 시간을 10분으로 제한하는 데 큰 역할을 한 인물이다.

글을 쓰기 시작하는 내 모습을 떠올리면 '전설의 세팅 박'보다 한 술 더 뜨는 형상이다. 수건에 물을 묻혀 와서 책상을 박박 닦고, 바로 앞 책꽂이에 있는 책들을 키 순서대로 재배열한다. 평소에는 안경도 잘 닦지 않으면서 갑자기 노트북 모니터에 묻은 지문 자국이 눈에 거슬린다. 얼른 일어나 안경 닦이를 찾으러 안방에 다녀오기까지. 글을 쓰기 위한 사전 작업은 무려 40분이나 걸리고, 앉아서 글을 쓰는 시간은 30분 정도인 날도 많았다. 주객이 전도되었다는 것이 이런 것인가. 주변 정리는 평상시에 해 두자. 아니면 좀 지저분해도 글을 쓸 수 있는 자그마한 공간만 있다면, 글쓰기를 제외한

다른 일과 연결된 회로는 아예 꺼 버리자. 글을 쓰기로 한 시각에는 앉자마자 글쓰기만 생각하는 것이 좋다. 정해진 시간에, 의자에 앉는 동작과 글쓰기를 온전하게 이어 붙이면 우리의 몸은 시간, 공간, 행위를 한 세트로 기억한다.

합평 시간에 가장 많이 들은 말은 '지적'이라는 표현과 어울리지 않는 말들이었다. 글에서 배려심과 친절함 빼기, 예쁜 말 사용 금지, 과도하게 설명하지 않기. 모두 독자가 생각할 수 있는 여지를 두어야 한다는 것이다. 독자는 어린아이가 아니다. 과한 친절을 동반한 설명은 독자를 지치게 한다. 친한 친구에게 듣던 말과 합평 시간에 들은 말이 너무 똑같아서 혼자 움찔하고 잠깐 경직되어 있었다. 일상생활에서 친절하고 배려심이 있으면 칭찬받을 일 아닌가 싶었는데, 상대방이 필요로 하지 않는 설명은 그냥 나의 만족일 수 있겠구나 싶었다. 글에서도 마찬가지였다. 나만 생각하는 글쓰기가 아닌, 독자를 생각한 글쓰기의 훈련이 절실했다. 과한 감탄과 친절은 진심 어린 마음으로 느껴지지 않을 수 있으니 자제하고, 내 시선에서 벗어나 다른 사람의 시선을 보다 많이 경험하는 것이 필요했다.

한국에 처음 와 본 외국인이 바라본 우리 사회 이야기, 탈북민이 경험한 한국의 일상생활 이야기, 평상시보다 좀 삐딱하게 바라보기, 예쁘고 사랑스러운 문장이 아닌 살짝 거친 문장 써 보기, 내 느낌을 확정 지어서 이야기하기보다 독자가 스스로 느낄 수 있도록 상황을 묘사해 주기 등에 집중했다. 어떤 글은 인물의 대화를 표현할 때 내 말투와 생각이 더해져서 그 인물의 실제 말투가 아닌 문장을 쓰고 있었다. "이 상황에서 이런 성격의 분이 진짜 그렇게 말했나요?"라고 질문이 들어왔을 때 곰곰이 생각해 봤다. 아니었다. 내 손을 거쳐서 나오는 문장이라 하더라도 '나'를 비운 상태에서 그 인물이 진짜 그 순간에 말했을 만한 말투로 표현했어야 했다. 혼자 쓰고, 혼자 퇴고하는 과정에서는 발견할 수 없었던 부분이다. 여러 명이 함께 서로의 글을 읽고, 함께 합평하는 것이 작가로 성장하는 데 얼마나 소중한 시간인지 깨닫는 순간이었다.

글쓰기 팁

- 한 문장에서 한 가지만 말해도 충분하다. 문장이 길어지면 비문이 되기 쉽다. 긴 문장은 두세 문장으로 나누어 보자.
- 감정 표현 정도를 적절하게 잡아야 한다. 혼자 격해져서는 독자가 공감하기 어렵다. 글 쓸 때 작가가 울면 안 된다. 독자를 울려야 한다.
- 첫 문단은 첫인상이다. 문단을 재배열할 때 어떤 문단을 처음에 둘 것인지 고민해 보자.
- 제목을 정해 놓고 쓰다가 글을 다 쓴 후 나중에 제목을 바꾸면 식상해지지 않는다. 호기심을 갖게 하는 제목이 좋다.

- 묘사는 훈련밖에 답이 없다. 풍경을 스케치하듯이 묘사해 본다. 글을 쓸 때 설명보다 묘사가 중요하다.

글쓰기 모임 팁

- 도서관이나 동네 책방, 문화센터 등에서 운영하는 글쓰기 모임에 참여한다. 책이 좋고, 글쓰기에 관심이 있어서 자발적으로 찾아온 사람들이라서 꾸준히 함께 글을 쓸 확률이 높다. 다양한 연령대, 다양한 곳에 사는 사람들과의 교류가 신선할 수 있다.
- 인근 지역에 사는 문인이 있는지 검색해 보고, 글쓰기 선생님을 해 주실 수 있는지 연락해 본다. 친한 책방지기가 있다면 함께 힘을 합쳐 본다.
- 공간을 대여할 수 있는 곳을 많이 조사해 둔다. 요즘은 각종 행사, 모임을 할 수 있도록 단독 대관을 하는 곳이 많다. 동네 책방에서 글쓰기 모임을 하는 것이 가장 좋지만, 상황이 안 된다면 공간 대여하는 곳을 찾아본다.
- 합평하면서 맷집을 키워야 한다. 글에 관한 비평을 나에 대한 비난으로 받아들이지 말아야 한다. 자신과 글을 일치시키지 말아야 한다.
- 시작 시각, 끝나는 시각, 발표 시간, 과제 업로드 날짜 등 정해진 규칙에 따라 잘 운영될 수 있도록 모두 노력해야 한다.

책방에 모여 글쓰기를 시작했다 금요일에는 글을 쓰기로 한 여자들

초판 발행 2024년 6월 26일

지은이 정지연 시윤정 한진희 최다올 노분희
이영실 임정명 곽민주 윤주연

기획·편집 이현호

디자인 와이겔리

펴낸곳 도마뱀출판사

펴낸이 조동욱

등록 제2007-000083호

주소 03057 서울시 종로구 계동2길 17-13(계동)

전화 (02) 744-8846

팩스 (02) 744-8847

이메일 aurmi@hanmail.net

블로그 http://blog.naver.com/ybooks

인스타그램 @domabaembooks

ISBN 979-11-93617-03-8 03810

* 책값은 뒤표지에 있습니다.

* 잘못 만들어진 책은 바꿔 드립니다.

* 이 책은 수원문화재단의 형형색색 문화예술지원사업에 선정되어 지원받아 발간되었습니다.